中国新锐派
作家作品文库

美丽的拯救

尹京奎小小说作品

尹京娈◎著

中国财富出版社

图书在版编目(CIP)数据

美丽的拯救 / 尹京娈著. —北京:中国财富出版社,2017.2
(中国新锐派作家作品文库)
ISBN 978-7-5047-6386-0

Ⅰ. ①美… Ⅱ. ①尹… Ⅲ. ①小小说—小说集—中国—当代
Ⅳ. ①I247.82

中国版本图书馆 CIP 数据核字(2016)第 317115 号

策划编辑 张　静　**责任编辑** 张　静
责任印制 方朋远　**责任校对** 孙会香　孙丽丽　张营营　**责任发行** 张红燕

出版发行 中国财富出版社
社　　址 北京市丰台区南四环西路 188 号 5 区 20 楼　**邮政编码** 100070
电　　话 010-52227588 转 2048/2028(发行部)010-52227588 转 307(总编室)
010-68589540(读者服务部)　010-52227588 转 305(质检部)
网　　址 http://www.cfpress.com.cn
经　　销 新华书店
印　　刷 北京兴星伟业印刷有限公司
书　　号 ISBN 978-7-5047-6386-0/I·0238
开　　本 710mm × 1000mm 1/16　**版　　次** 2017 年 3 月第 1 版
印　　张 13　**印　　次** 2017 年 3 月第 1 次印刷
字　　数 193 千字　**定　　价** 29.80 元

目　录

永远的拴马桩耳

九凤是在那兵荒马乱的年月，被良贵黑灯瞎火用毛驴车娶进门的。

等他们洞房完，刚睡下不久，就听见有人敲窗棂：“良贵赶快起来，抓壮丁的来了！”良贵松开怀中的九凤，赤条条地一骨碌从被窝里爬起来，瞎着摸儿草草披上衣服，边系扣子边回头向九凤甩了一句：“在家等我。”就跟窗外的人跑走了。

九凤生在那女人大门不出二门不迈的年代，父母之命、媒妁之言。在今晚之前九凤从来没见过良贵。就是今晚，她也是在昏暗的煤油灯下模模糊糊瞅了一眼良贵，她没有看清自己男人的模样，但她着实摸着了男人耳朵上的那个拴马桩了。

等九凤的双眼把窗户纸瞅白了，才突然发现，男人的一件汗褂儿落在炕上，九凤像得到了宝贝一样一把抱在怀里，把头深深地埋在汗褂儿上，细细地嗅着男人的气味儿，她盼着男人早点儿回来……

一晃五年过去了，良贵没有回来。

九凤风言风语听别人说，那晚良贵一出村就碰上一支部队，良贵做了军人。

九凤盼着良贵不吃枪子儿活着回来，就开始留意村里来回走动的、穿军装的人了。但是，九凤瞪着丹凤眼偷偷瞄的是，穿着军装的人耳朵上有没有拴马桩。她盼着那个穿着军装，长着拴马桩耳的男人早点儿回来，好重温那晚没有做完的梦。

九凤红桃儿似的脸蛋儿变得有些杏黄了。

一晃十年过去了，良贵还是没有回来。

九凤只言片语听人说，那晚良贵一出村就碰上日本鬼子，良贵被抓做了壮丁。

九凤盼着良贵能从鬼子的眼皮底下逃出来，就开始留意街头巷尾、露宿街头逃荒的人了。但是，九凤那松弛的丹凤眼，最费神的还是愣愣地巴望逃荒人耳朵上的拴马桩。有时遇上一些蓬头垢面的叫花子，九凤就会走上前去，撩起那羊排子似的乱发，希望梦中的拴马桩耳出现。哪怕男人变成叫花子回来，自己也会一头扑进他的怀里。九凤无数次地在梦里，梦见蓬头垢面耳朵上有拴马桩的男人回来了。

九凤杏黄的脸蛋儿已慢慢变成松树皮了。

数十年后，九凤拄着拐杖、张着已背的双耳，却打听到了准确的消息——良贵跟部队去了台湾，不久就要回家了。

当九凤用那张罩上蚂蚁罗的泪眼，模模糊糊看见一位白发老翁——良贵，徐徐向他走来时，她一点儿也看不清他耳朵上的拴马桩了。可是，良贵身边那后生耳朵上的拴马桩九凤倒是看得真真的，九凤眼前突然一黑栽倒在地上。

九凤躺在她恪守了数十年、当年他们新婚洞房的老屋里的炕上。

许久，九凤慢慢睁开眼睛，看着这位自己盼了一辈子的人，如今西装革履，再望望自己给良贵做了一铺柜的鞋子和马褂，九凤浑身筛糠似的抖了起来，并大口地喘着粗气。良贵上前抓住她手时，九凤突然就不省人事了。

隐隐约约良贵好像听见九凤说了一句：我的拴马桩耳。

良贵上前紧紧地把九凤拥入怀中时已是泪水滂沱……

伤情

王海贵拧灭第二十支香烟时，窗外瓢泼大雨终于偃旗息鼓。

“伤不起，真的伤不起……”王海贵的手机适时地唱起来。“苗佳”，王海贵看到手机上的名字，心就像他开过的拖拉机一样“突突突”发动开了。仿佛手机铃不是唱歌，而是导火索燃烧的声音。

他心里清楚，手机接通后对方要说什么。他无法给她一个准确的结果，手刚刚触及手机，就本能地弹了回来。

“我爱你爱到下个世纪……”手机还在不停地唱。他知道这根导火索即将燃尽。

王海贵顺手点上第二十一支香烟，狠命地吸一口，按了接听键。

“王海贵你耳朵里长蘑菇啦?!咋回事?不接电话!”炸弹爆炸了，震得王海贵的手抖了三抖。

“我……我在蹲厕所……”王海贵撒了个磕磕巴巴的谎。

“你就编吧，王海贵。”苗佳的嗓音提高了八度，“你就说吧，啥时候回老家把那事办了?”

“刚才不是下雨了吗?”

“这不雨停了吗?”苗佳几乎是尖叫了，“王海贵你别磨磨唧唧，你儿子大闹天宫了，你想让我婚礼上穿不了婚纱呀?”

“哦，我尽快。”王海贵木讷地应着。

王海贵在他们村是群羊中的骆驼。从起初一个建筑队，干到一个建筑公司，从县城干到省城。腰包渐渐鼓胀起来的王海贵心也随之膨胀起来，也想学着电视上演的在省城用腰里的票子砸出个情人，潇洒、浪漫一把。

可谁知一发而不可收，和这个苗佳玩儿火烧了腚——苗佳怀孕了。

“王海贵，你到底去不去？”电话里苗佳那个急呀，恨不得顺电话线蹦过来。“王海贵，回去整点儿厉害的，除了老家的房屋，你再给她些钱，不信就砸不败她！”苗佳咬牙切齿地支招。

王海贵答应苗佳再回老家努力一把。苗佳加一句：“一会儿顺便把我们看好的钻戒买了。”

王海贵开车出公司，经过珠宝店，向老家的方向驶去。

王海贵曾经提过离婚的事。

第一次，王海贵一进门就鼓足勇气，磕磕巴巴地编了一大堆理由，最后才绕到离婚上，还没敢正眼看妻子秀娥。

秀娥沉默了几分钟说：“王海贵咱俩离婚的事儿先放后头，我问你，你这次多长时间没回家了？多长时间没给家里打一个电话？我们怪你了吗？”秀娥有些激动：“你不记挂我们娘儿俩，总得把你快八十岁的老娘放心里吧？你到那屋看看，咱娘咳嗽转成了肺炎，在乡卫生院一住就是多半个月，到现在还不能下炕。回到家，你老的、小的不问一句，王海贵摸摸你的良心还在不？”

王海贵顿时喝了花椒水。

王海贵是独子，是他娘从二十几岁守寡养大的独苗苗。王海贵啥也没说，拔脚进了娘的屋，第二天返城时再也没提离婚的事。

第二次回老家闹离婚，是三个月前。王海贵一进门看到娘一个人在家，一问才知道，一个月以前，闺女在一个风雨交加的傍晚，放学回家的路上，不小心滑到沟里，把腿摔伤了。为了不耽误孩子的功课，秀娥买了一辆电动三轮车，到学校给孩子陪读了。

“娘，家里出这么大的事，你们咋就不告诉我呢？”王海贵埋怨着。

“秀娥不让告诉你，她说你整天在工地上，怕家里的事分你的心出危险呀！”娘用袖子抹抹眼泪儿，“贵呀！你可不能亏待秀娥，家里的一切可都是靠她呀！”

王海贵到村小卖店儿买了一桌子好菜，全家人吃了一顿团圆饭，离婚的事他只字没提。

这一次王海贵是下了很大的决心的，他想好了，回家让娘给秀娥说，娘不向着自己，也不会不要孙子的。想起苗佳肚里的儿子，王海贵一下子来了精神，他仿佛看到可爱的儿子在向他跑来，王海贵极度兴奋。

“不好，向自己奔来的不是儿子，是一个庞然大物。”王海贵赶紧急刹车，来不及了……

等王海贵彻底清醒后，看到守护在自己身旁的秀娥，看到她哭得烂杏似的双眼，他知道他不光是失去了自己的一条右腿……

王海贵挣扎着从他的公文包里拿出了那枚钻戒，套在妻子的手上时，也套在了自己的心上。

桥　下

太阳刚一偏西，二松就接到娘打来的电话，说哥哥大缸从村主任被窝里拽出嫂子后，灌了半瓶子猫尿儿，把村主任家里的东西砸了个乱七八糟，已被派出所抓去了，让他快想想办法救救哥哥。

二松心里“咯噔”一下，脑袋嗡地变大了。放下电话二松一屁股坐在沙发上，胸口发出阵阵闷痛：该来的终于来了。二松的手随同他的心一起颤抖起来。

足有五分钟，二松才缓过神儿来。二话不说，打开衣柜抓出养猪场准备进猪饲料的五千元钱，一边往怀里揣，一边冲出村子坐上村口的公交车。

坐在车上，二松右手按着胀痛的胸口，又想起了那晚那桥下面……

二松的哥哥大缸长得就像他家五斗缸，一米五五的个头儿长一大莱瓜似的脑袋，走起路来两腿之间能放下他睡觉的枕头。

这不是大缸的错，是他爹的种儿差，大缸几乎是他爹的翻版。

由于长得磕碜，二松爹快到三十岁了才找了个抬头能看见太阳光儿、低头却看不见路，整整比他小一轮的二松娘。二松娘虽然眼睛不太好，家里灶台上的活却干得干净利索，不比眼睛正常的婆娘差，肚子又争气，接连给二松爹生了两个半大小子。早已被人们戏称“小光棍儿”的二松爹，看看小牛犊似的俩儿子心里那个美呀！在地里干活整天和他犁地的牛犊儿一起撒欢，仿佛身上有使不完的劲。

等大缸光屁股玩儿大的朋友们的孩子都能打酱油了，还没有媒人上门儿给自己的两个儿子提亲，这下二松爹下地再也没心思撒欢了。

老天爷饿不死瞎眼家雀儿，这时，村里又时兴说不上媳妇都到外地买媳妇，大缸爹一咬牙，卖掉小牛犊儿，给大缸买了一个四川媳妇，名叫金兰。

相亲那天爹是让二松替哥哥去的，二松一点儿不随他爹，身上携带的全是他娘的基因，眼睛除外。金兰一眼就看上了二松，二话没说就被二松带回了家。

等金兰发现自己的丈夫不是二松是大缸时，像一头被激怒的母狮，在被反锁的洞房内又哭又闹。金兰虽不是什么窈窕淑女，和大缸在一起，确实是一朵鲜花插在牛粪上。

为了提防金兰逃跑，爹就派来自己家的几个叔叔伯伯、哥哥弟弟，在金兰和大缸的门口儿轮流日夜守候着。

事不过七，第七天头晌，金兰出奇地高兴，吃了很多大缸娘做的饭，一家人的心情也渐渐放晴，以为金兰终于想开了，就撤了岗哨。就在那天晚上金兰逃跑了，是在大缸起来小便时发现的，一家人立刻成了失去窝的马蜂，乱成一团。

二松年轻跑得最快，他是顺着他领金兰进村的那条路找的，他知道金兰就认识这一条路。

果不其然，二松就是在村北的那座桥洞里发现了已经扭伤脚的金兰。

二松刚想伸手去抓坐在地上的金兰，不想看清是二松的金兰一头扑到了他的怀里失声痛哭，像一个迷路后找到家人的孩子。金兰满面的泪水打湿了二松的胸膛，也弄潮了二松的心。

二松真是进退两难，任金兰在自己的怀抱中边捶打边哭诉："你这个骗子，你毁了俺一生！"

其实二松早就对金兰心怀愧疚，只是为了哥哥，不得已而为之。今晚，金兰一闹，二松尴尬得觉得自己张开的两只胳膊无处摆放，好像是多余的。收紧吧，她已是自己的嫂子；放下吧，不忍心再伤害金兰。

等金兰哭诉到大缸是太监，至今自己还是女儿身时，二松的心就被金兰的泪水泡涨了。二松张开的双臂再也支撑不住了，随着心中的股股热浪，在金兰起伏抽动的后背上用力地上下滑动。二松的脸颊上、唇齿间浸满了金兰的渴望。忽然，一股热流涌向二松的心间，随即又传遍了二松的全身，最后冲昏了他的头脑……

等二松清醒后，看到自己身下一摊烂泥的金兰时，他抡圆了胳膊实实惠惠地给了自己一嘴巴子，他看到了满桥洞的金子。

当晚，金兰就像当初二松把她领回家那样，乖乖地被二松背回了家。

金兰怀孕了，二松爹下地干活又开始撒欢了，二松娘仰着头冲着太阳光乐。

随着金兰肚子的胀大，金兰的嘴头儿也就越来越高。不时地躺在床上撒娇："俺想吃牛肉，村里的不好吃，让二松到县城里买。"爹乐得屁颠儿屁颠儿，催促二松赶快去买。一会儿她又在屋里高叫："牛肉吃腻了，俺要二松给俺买草莓清清口。"金兰每叫一次，二松的心里就像压了一块坯那样沉，沉得二松几乎喘不过气。

夜晚，星星出全以后，二松悄没声地跑到村北的那桥洞里，双膝跪地，边握紧拳头捶打自己的胸膛，边发出"哇哇"的叫声。他想从心中喷出些什么。

等到金兰的孩子出世，金兰给孩子起名叫桥桥。爹说不能叫，说孩子的曾爷爷的大号叫老桥，可金兰不听，执意就得叫桥桥，还说有纪念意义。

这时二松再也在家里待不下去了，跑到三十里外一村子里做了上门女婿。

尽管如此，二松的心还是绷得紧紧的，他知道世上一定还有西门庆。

将近二十年了，灾难没能逃过……

二松进家门时，爹正蹲在院子里吧嗒旱烟袋。娘正在屋里高一声低一声，仰着头冲房梁骂着："吃里爬外的物件儿，家里没有窝呀？还到外边野蛋!”

二松在院子里顿了一下，还是径直去了金兰屋里。

金兰正斜躺在沙发上，揉着红肿的双眼。二松一把揪起金兰，一边高叫着“为什么”，一边高高地抡起了巴掌。

金兰猛地蹿了起来：“你说为什么？你哥他……你是知道的，快二十年了，就你媳妇能耐得住？”

这时一张照片从金兰的怀中散落到地上。怎么是自己的照片？二松一愣，再仔细一看原来是桥桥，桥桥活脱又是自己的翻版。二松想起了那桥下边的那件事情，抡起的巴掌再次重重地落在了自己的脸上。

二松走出金兰的屋，抓起靠在墙上的那辆除了铃铛不响、其他地方都响的自行车，按了按鼓鼓的胸膛，径直奔向了派出所。

随 礼

香月的儿子下个月的今天结婚。

在乡下，这时的香月就该抽空走村串户地告诉亲戚朋友。一是大家到她儿子结婚那天来捧场，二是人们过来时要给她的儿子随礼。

都过半个月了，香月就是迈不出自家的门槛儿。天天坐在院子里想心事儿，想得香月心里压了一块石头。

香月兄妹七个，五个哥哥一个姐，她排行最小。等她出嫁时，爹娘除了炕上的俩铺盖卷儿，就剩下几个哥哥娶媳妇挖下的窟窿。爹娘问她婆家要了六百元的彩礼，才算填平了姐姐的彩礼没有填满的债坑。

可是，糊涂的爹娘哪里知道，自己婆家也是穷得叮当响，公公婆婆怕儿子娶不上媳妇，才打肿脸充胖子，六百元的窟窿过门儿婆婆就分给香月了。

香月攥着这些窟窿，擦干满脸的泪水，头遭从娘家回来，就和丈夫双双到县砖厂卖苦力了。她和丈夫承包了一个窑洞，和泥、扣坯子、拉坯子车、装窑、烧火、出窑、上垛等，香月干的全是老爷们的活儿，流的都是大男人的汗。

香月怀孕丈夫心疼她，说暂不装窑了，她把眼一瞪说："不装？有本事天上拽块云彩把那些窟窿堵了。"儿子不是老知了，天天喝露水就能唱歌。将来咱儿子上学、娶媳妇、盖房修屋哪里不花钱？

香月拉不了坯子车就和泥、扣坯子；不能装窑、出窑就烧火、上垛。等儿子三岁时，他们的窟窿还得就剩二百多元了。香月觉得可以稍稍松口气儿，决心再努力一把，两年争取还清。

娘家大哥来了。大侄子下了对月帖子，结婚日子定了。哥哥吭吭哧哧说了半天，香月听清楚了，哥的意思是，大侄子结婚哥嫂戳了窟窿，让香月过去随礼时拿个大头，出二十元。

香月为难了，二十元钱，她和丈夫紧抓慢挠，两个月也挣不来呀。日子越来越近，香月心像压了块坯一样沉。沉得倒不是这二十元钱，香月明白，大侄子只是个开头，接下来二侄子、三侄子……五个哥十八个侄子，得多少钱呀？香月被压得拉坯子车时，在浓浓的烈日下，一头栽倒在地，额头撞出个大包。

大侄子婚期近了，她只好托人捎信儿，说自个儿病了，做贼似的躲过了这个灾难似的日子。

从此，香月觉得自己像夜里捕鼠的猫头鹰见不得日头；又像大海里的小舟，茫然失措，看不见航标，也找不见堤岸。香月知道自己小山似的娘家没脸靠了，钢板似的腰杆抽了筋。

香月知道哥嫂们都记恨她。她怎么也忘不掉，爹娘过世时，哥哥嫂嫂的脸色，个个阴得能滴下水，圆了坟，大嫂故意对姐姐蓝月说："不要急着走，让哥哥弟弟们一起送你回家。"

在他们老家有个规矩，出嫁的闺女葬了爹娘圆了坟，必须有娘家的哥哥或弟弟送回婆家。没人送不是娘家没人，就是闺女在娘家落得臭，不受娘家人待见。

这件事压在香月的心里。这么多年压白了香月的头发，压弯了香月的脊梁，压皱了香月的额头。

自己儿子该结婚了，香月想到娘家的哥哥嫂嫂，腿灌了铅似的沉。

离儿子结婚的日子不到十天了，香月的脸却晴朗不起来。丈夫劝她说："别把那事儿提嗓子眼儿，咱没舍，咋能收呢？"

她剜一眼丈夫："你当我是稀罕钱呀？我要的是人气儿。你怎么会知道一个女人没了娘家人，比让人家扒了裤子还丢人呀。我咋早年没想到呢？"香月自言自语地掉眼泪。

儿子结婚当天，香月买好的新衣服也没心情换，没刷牙、没洗脸，像个皮影似的被管事儿的长辈支来支去，丢了魂似的。

“嘀嘀嘀……”街门口十辆汽车长笛，震得香月心里发慌。刚想出门甩脸子，发脾气。只见车门儿一开，走下了侄子。香月惊呆了，大侄子、二侄子、三侄子……一口气下来十八个侄子，齐声叫了声：“小姑。”

“哗啦啦……”香月的前襟湿了一大片。“妹子，大喜的日子可不许掉泪呀!”闻声走下五个哥哥、五个嫂嫂。

香月嗓子像塞了棉絮，堵得她泪水像决堤的河流。好不容易挤出一句：“哥哥嫂嫂……以前……都是俺的错。”

大嫂把手一摆说：“不说了妹子，还不是因为头几年咱手里穷吗?以前，哥嫂们做得也有不对的。今天前擦后抹就不要提了。俺今天是来沾俺外甥的喜气来了。”说着，咯咯地笑起来。

香月像十八岁小姑娘似的，迈起莲花小步，奔屋里换新衣服去了。

云过无雨

三路被众乡亲七手八脚抬进医院时才知道，自己的右大腿的胯骨轴断了。

三路纳闷，在自家刚刚种好的麦地头上，被一颗棒子秸绊了一脚，胯骨轴能被摔断？三路拧着眉头思忖半天。看到守在身边满头银发的老伴，三路才猛然想起，自己今年七十三岁，是个老头子了，骨头没了油性，脆了。

医院让三路通知孩子们，尽快手术。

三路拨通了小儿喜宝的电话。挂了电话，三路的脸由白变黄，由黄变红，由红变紫，最后就成铁青色了。

儿子说回不来，工地上民工都放假回去收秋了，工头安排他和媳妇看门，每天能挣平时三倍的工钱。

三路把手机重重摔在病床上，喘着粗气对老伴嚷："他们是扯谎哩，前几天还有人看见他俩提着东西，到前庄给他老丈人过生日呢。前后庄就隔着二里地，俩人愣没踏门槛儿。"

三路扯得嗓门过大，大腿钻心的疼，头上渗出密密的汗，老伴拿出毛巾给他擦，他一把把毛巾摔在地上，忍痛高叫："老爹老娘不看看儿，八亩地收不收、种不种不问问，你们八岁的儿子可是半年没见面啦？总该瞧一眼吧？没良心的杂种……"

这时，一直陪在床边的小孙子拖着哭腔说："爷爷，你的腿做完手术啥时候能好呀？我的家庭作业咋办？奶奶不认字，也不会给我签名呀？"

老伴一把把小孙子扯到一边，说："字咱签不签有啥哩？老师能替你爷爷签，可咱那八亩麦子地刚刚种上，急等着浇压子水呢，那垄沟我也用不了，电闸我也不会用，荒了田那才是大事哩！"

奶奶和孙子愁得都张不开脸。

第二天，医生又来催手术。三路试探着问了几个假如，医生说："那你余下来的日子不能种地不说，有可能撤不了双拐。"

老伴被吓着了，哭着对三路说："要不把大儿子宝刚叫来吧，看他能拿些钱来不？"

三路白了老伴一眼，狠狠地说："都两天了，该来的他们早来了，叫顶个啥用。"

三路想起了俩儿子分家时的情景。

大儿子宝刚和小儿子喜宝相差十七岁，在喜宝结婚前，他们家的日子过得风平浪静。宝刚两口子都挺能干，把三路给他们结婚用的五间大北屋留给小儿喜宝，他们把老宅院翻盖一新。

可喜宝媳妇一进门就不干了，说老子偏心，把新房让给了老大住，哭着闹着非要新房，要重新分家。

三路和老伴心知肚明，说啥也不同意。可喜宝媳妇儿变着法儿胡搅蛮缠，把正吃着奶的孩子一扔，回了娘家。

孩子整天整夜嗷嗷地叫，叫得老伴儿心软了，背着三路、背着宝刚媳妇给宝刚下了跪。宝刚心疼娘，一咬牙，做了媳妇的主。

三路怎么也忘不了，宝刚媳妇搬完最后一件家什时说的那句话：指望的那片云彩不一定下雨。

现在让宝刚出钱，宝刚媳妇那儿先不说，他们手头也紧巴着呢，刚刚给儿子翻盖了房子，年前儿子才娶了媳妇，盖房、娶媳妇那都得花大钱哩。

三路还想起，自从喜宝结婚后，自己没到宝刚地里转过一圈儿。一门心思扑在小儿喜宝家了。孩子八岁，他们出去打工六年，没挣下钱不说，还把三路所有的积蓄都填了进去。

唉！此时三路无语，他只想自己抡圆了胳膊打自己一个响响的嘴巴。

医生推门进来说，病人准备一下，明天手术。

明天手术？三路眼睛瞪得像他们家的鹅蛋。嘴巴张得能装下他们地里的老玉米轴子。

“爹，听医生的，明天咱手术。”随声进门的是宝刚和他媳妇。一头雾水的三路，大大的嘴巴定格在那里……

三路的泪光里，突然映出宝刚两口子身后，孙子媳妇那灿烂的笑脸……

五哥的军装

今天是五哥的六十岁生日，一会儿孩子们都会从城里赶回来给他过生日。

儿子早早就给五哥买回了一身希努尔西装，媳妇买了衬衣和领带。闺女买了蜘蛛王真皮皮鞋。孩子们还打来电话，说五哥六十岁大寿要好好热闹热闹，还说让五哥穿西服、系领带、穿皮鞋，照一张时髦的全家福。

五哥打量新衣服时，却看到五嫂在那里，很仔细、很认真地拿把电熨斗熨一身刚刚买回的绿色军衣。五哥知道现如今这样的衣服不好找了，是五嫂转遍了县城的大街小巷，在一个很偏僻的胡同的一个劳保门市上找到的。

说实话，五哥从见到五嫂的那天到如今，从来没穿过军装以外的衣服。

那一年，五哥爹娘生病相继去世后，眼看着大哥找了个没有双眼而且还带一孩子的嫂子，过起捉襟见肘的日子。二哥看看娶妻无望，奔了他乡做了上门女婿。

在他对娶妻万念俱灰的时候，听左邻的四嫂老家雀似的，在巷里讲，她娘家村里有个姑娘，对象在部队提了干，回来退了婚，姑娘心量小想不开疯了，一丝不挂地爬在枣树上，说是给他当兵的哥哥摘枣子吃，谁都劝不下来。

说者无意，听者有心。五哥把家里仅有的一袋高粱拿去，换了本村退伍军人张宽容的一身军装。好说歹说，又拿了半布袋地瓜干换了领章和帽徽，穿戴整齐找四嫂去了。

当四嫂领着穿军装的五哥出现在姑娘面前时，姑娘哧溜一下从树上跳下来，叫着五哥一下子扑到了五哥的怀里，把他当成了兵哥哥。五哥的脸比下蛋母鸡的脸还要红。娘家人倒贴了二十元钱，把姑娘送给了他。

五哥本有名的，很好听，叫梁满囤。

可从这一刻起，他就成了姑娘的五哥，也成了大家的五哥，渐渐地人们竟忘记了他的真实姓名，男女老少都称他五哥。

奇怪的是姑娘回来后再没疯跑过，更没上过树，整天小绵羊似的尾随在五哥的身后。下地一起去，收工一块回。就是一样，五哥不能脱军装。穿着便服的五哥站在眼前姑娘也看不见，犄角旮旯到处找五哥，找不见了，四脚八叉躺地上大呼小叫，疯劲儿就上来了。

等五哥的这套军装缝了补，补了缝，实在不能穿了时，五哥的儿子四岁、闺女一周岁。五哥想不碍事了，就把破得无法收拾的军装扔了。看不见穿军装的五哥，五嫂一把推开吃奶的闺女，发疯似的满院子乱跑乱叫，围着五哥转着圈儿地找五哥。

五哥一看不妙，赶紧从垃圾堆里扒拉出补丁摞补丁的军装穿在身上。五嫂一把抱住五哥久久不松开，仿佛抱着一件失而复得的宝贝，破涕而笑，泪花在脸上荡起层层涟漪，五嫂的脸像一棵挂满露珠的向日葵，五哥像天上的太阳，无论走到哪里，五嫂的向日葵就会转到哪里，五哥给了向日葵阳光雨露。

从此以后，五哥无论日子怎样紧巴，都会抽出一些积蓄或粮食，找本村或邻村的退伍军人去换或买。

再后来孩子们大了，五哥的日子好点了，他就每年到集市上买上一两身新衣服倒着穿。儿女们不解，问道："爹你为啥一年到头老是穿这身军装呀?"五哥瞅瞅五嫂笑笑说："你娘是翠鸟，我是树林，树林必须是绿色，不然小鸟就找不到家了。"

五嫂真的张开翅膀，像个孩子似的，在院子里跑来跑去，最后当着一双儿女的面儿，一头扎到五哥的怀里，安静得像个栖息的小鸟。儿女们也张开双臂扑了过来，五哥的双臂像母鸡的翅膀，扑扇开了，笼住了一个家。

“爷爷，奶奶……”

“姥姥，老爷……”

孩子们进门时，五哥早已穿好五嫂熨得笔直而又平坦的军装，满面笑容地坐在沙发上。

饭桌上，酒过三巡后，当儿女们悄悄问他为啥不穿给他买的那些新衣服时，五哥双颊绯红，似醉非醉地说：“其实生活在你娘的快乐里我也挺快乐的，不要惊醒你娘的快乐梦！”

美丽的拯救

这次学校布局调整，由于工作需要，我被调到一所新的学校。本来上班路五分钟的车程，现在得用二十五分钟。上班时间提前二十分钟，那是怎样的境况。

孩子提前睡觉、起床；手机铃声更改，生物钟被迫打乱。起床后一阵手忙脚乱。餐桌上，孩子醒了，胃还没醒，紧摇慢晃，儿子饭菜没下一半到点儿了，抱起迷迷瞪瞪的儿子，放在自行车后座上，抓一代伊利纯奶塞过去，匆匆踏上行程。

来到新学校，忍着血灌肠似的阵阵腹痛，忙到校长室报道。校长五十岁开外，白白胖胖，坐在办公桌后，很难找到他的腰部，笑起来一脸佛像，是现在不多见的平易近人。

当我得知到新学校，我得放弃教了将近十年的语文改教数学时，苦苦哀求校长，能否留住自己所好？佛一样的笑脸继续着他的笑，却冷冷地蹦出三个字——不可以。

不知这算不算笑里藏刀？可我的心却刀绞一样难受。

我的办公室是一间低矮的小南屋，同屋还有一位老师，大家不叫她老师，都叫她顾大姐。

我这人憋不住事，当天就把顾大姐当知己了。一肚子的烦恼一骨碌道个精光。顾大姐很冷静地说了一句："换位思考一下，就当展示自己才华的时候到了。"顾大姐说这话时，脸上平静如湖水。俺啥时能修炼到那境界。

得，一把麦秸火顿时熄灭。往日的笑容挂在眉梢。

如今的家长重视教育，重视得天天接孩子时有家长和老师交流。让他们个个满意后，带儿子急匆匆回家，锅冷盆凉，拿出手机欲给老公打电话，发现一条短信：有饭局，不回家吃饭了。

一股无名火欲从喉咙喷出。看看儿子，强压怒火。给儿子拿出书本，让他做作业，挽起袖子，扎上围裙，开始了锅碗瓢勺交响曲。一曲结束，再看儿子，趴在桌上睡着了，口水冲走加减乘除。泪水小虫子似的爬满了脸颊。

差十分零点，随着开门声，卷进醉得一塌糊涂的老公。

无名火再次燃起，我高叫着：“你是狗屁男人，还让不让人活了?!”老公这形象早不是第一回了。

老公用力举起手，想做解释，嘴不听使唤，手又无力放下。当老公第三次举起手时，哗——老公皮囊的收获来了个翻江倒海，荡然无存，地板、沙发、鞋、裤子……到处一片狼藉。一股酒臭的恶浪向我扑来，我也翻江倒海冲入卫生间。

我高叫着，把趴在沙发上的他掂起，扒个精光，费九牛二虎之力，才把他扔到书房的床上。这时清醒了许多的老公奋力撑起，还想给我解释什么。我一副正家长的模样郑重警告他，下次再喝醉，死在外边也不许回家。

第二天到学校，第一件事就是向顾大姐诉苦申冤。

还是那湖水，顾大姐平静地说：“男人有时候得当孩子养，该原谅的时候得原谅，‘死’字可千万不能出口，他们毕竟是咱们的天和地，没了天地的日子不好过。”

一场大浪滔天的风波就这么偃旗息鼓了。我开始羡慕顾大姐的善良大度，反思自己的凶神恶煞。

有一天，放学后顾大姐的包落在学校了，正好顺路，我就给她送家里了。

进门后，顾大姐书桌上方挂的那张遗像，着实吓坏了我。见我吃惊的样子，顾大姐还是那样湖水般平静地说：“年轻时，我比你的性情还火暴，为改所教科目与校长闹翻了天。”

顾大姐深情地望一眼镜框中的丈夫：“十年前，他喝醉了，我的一句气话，去死吧你，使他跌跌撞撞冲入夜色，再没回来……”

顾大姐的眼睛像湖水那样蓝、那么平，看不出一点儿的杂质与皱褶，也许这就是风浪过后的境界。

我的湖水开始风起浪涌，孩子般的扑入顾大姐的怀抱，说一声“谢谢你的拯救”，已泣不成声……

藏儿

这次期中考试是县教委组织的，实行的是全县大联考，就是推磨考试：学生不动、老师推磨式地互转。

我被分到距县城较远的一个乡村小学监考。

听到这个村子的名字，我便想起了我儿时的一个要好的伙伴魏胜素——维生素，她就嫁到这个村子，她结婚时我去送她了。

中午，学校安排了饭，从伙房打出几个包子，提溜着就直奔维生素家，准备和多年不见的儿时玩伴好好叙叙旧。

一进了门就听见她在大声叫着："死妮子，叫你吃完早饭把锅刷了，你就是不听，到中午了还乱七八糟地摆着，不中用的东西。"维生素一边高声叫着，一边哗啦啦把碗筷弄得山响。

见我进来维生素一下子脸红了，很吃惊地说："鬼东西，咋这会儿冒来了。"

于是又高声叫起来："藏儿，滚出来。"显然刚才的火气还没消。

应声走出了那个叫藏儿的小姑娘。呀！这不是上午我监考的六一班的那个做题又快、卷面又干净，我看了一下答案几乎全对的，那个我心目中的好学生吗？她是维生素的孩子，亏了我还长一对儿大眼双眼皮儿，愣是没看出一丁点儿维生素的影子。我只知道她的女儿比我儿子大一岁，不知道她还有一个这么优秀的女儿。

"快去弄饭。"维生素冲藏儿叫着一把把我拽进了屋。"来，来，快坐，快坐。"她边说边把满沙发换下的脏衣服抱了抱，摞在沙发角上，留出了空隙便拉我坐下。

“妈，我饿了。”这时又从里屋蹿出个八九岁的小男孩儿。他是看见我手中的包子了，我赶紧给孩子，男孩儿抢过包子，雀跃着跑了。

维生素又骂一句：“馋猴子，没吃过点子麻东西。”维生素笑着说这是他们家的老疙瘩了。“仨宝?”我惊得差点掉了下巴。

环视他们家房子、家具还是结婚时的老样子。只是床上的被子铺摊了满满一床，还保留着早晨起床时他们拱出来的样子。

突然撞痛我眼睛的是他们家床头边上满墙的奖状，全是这个叫藏儿的姑娘的。

这时我想起了我不争气的儿子。自己教书近二十年，人家的孩子咱能给人家教出来，可咱自己的孩子却不争气，初中快毕业了，连一张奖状毛毛也没得上，成绩也是一塌糊涂，考重点高中那是甭想了，丢脸啊。

“看什么呢?是在笑话我们家穷吧?”维生素见我傻愣着说道：“唉！还不都是藏儿给闹的。本来生了大妮儿，村里有政策第一胎是女孩儿的，间隔五年可以申请二胎。办二胎证就花五元钱。可谁知我刚办完证那不争气的东西就来了。”

我知道她骂的又是藏儿。本来咱跑到邻县做了两次B超人家都告诉咱是小子，咋生出来就变成丫头了。为了不让村里罚款，把她藏在她姑姑家，硬是那白花花的奶粉养大的，花不少钱。我终于知道藏儿的名字是怎么来的了。

“等我儿子过周岁时，死闺女非要她姑姑带她来看弟弟，可好，正赶上村里计划生育大检查，让乡里抓了个正着，按三胎罚，一罚就是两万元，你说倒霉不?维生素说得嘴角儿已起了好多的白沫。看看我们家的境况，仨孩子都得上学，虽说都九年义务教育了，可上高中、大学还得花钱不是……为给三个孩子攒学费，俺连个板凳也没添置。你想想，一个农民就靠务做二亩地能行啊?我和他爸商量着就买了一台拖拉机，到村南的沙坑买卖沙子，几年下来也倒腾了几个钱，但不如你们挣钱人。”

维生素还想说话时，藏儿已把香喷喷的面条儿端上来了。

“藏儿会做饭?”我这一次惊得真的掉了下巴，嘴巴定格了一个大大的“O”。

“她不做谁做?她姐姐上初中住校，弟弟又小，我们一天到晚地忙活，哪顾得上家，今天要不是说考试，我才不会回来给她做饭呢!”

唉！脑子里又闪出让我憋气的龟儿子。那不争气的讨债鬼，别说做饭了，哪一顿饭不给他放好筷子，他就嚷着叫着向我示威说不吃饭了。天天变着花样给他做，少有不满意，就板着脸子训我：“太没文化了，不懂营养合理搭配。”气得我肺都炸了，身上呼呼地一阵儿一阵儿地发热，没到四十岁就闹更年期，那是早更啊!

整个吃饭的时间里，藏儿的眼皮从没有抬过一次。维生素的嘴倒是没停下来：“好好学习吧，看你姨有文化，风不吹日不晒就能拿工钱，哪像我们，累死累活一年下来也挣不了几个钱。咱们家可是孩子多，我可告诉你们，”维生素指指藏儿又指指儿子，“谁的成绩好我供谁上大学，成绩不好我可给你们掏不起高价学费。藏儿你更要加把劲儿，计划生育就罚你两万元了，我早给你记上了，你要考不上县中，我可不给你掏那高价学费。”

几句话下来藏儿的头更低了。

“没事藏儿，别听你娘的，等你上高中时姨给你掏学费。”藏儿眼里的光芒突然跳动了一下。

几年时间一晃而过。儿子高考的成绩一塌糊涂。让他复读，儿子一脸无所谓的样子。同事们都说儿子太娇惯，出主意说让他到乡村，接受接受苦难教育。

于是我又想起了藏儿。

等我和儿子驱车赶往藏儿家时，眼前的一切令我大吃一惊。

维生素拉沙时出了车祸。维生素由于劳累过度，在一拐弯处打盹，失手从车的后斗上掉下来，重重的一车沙子从她腿上轧了过去。

那一年藏儿刚好考上县中，同时姐姐也考上了大学。藏儿自知理亏自动放弃，家中的钱一部分给了医院，一部分给姐姐付了学费。藏儿进了一家服装厂当了工人。

这时我忽然想起了几年前我对藏儿的许诺。呀！我忘了自己的许诺，我的脸像被人打了一样，红得像猴腚，恨不得脚下快裂开一地缝。

我长长嘘口气仰望天空，泪雨滂沱。我决定找回被遗忘的诺言……

我一定要让儿子见见藏儿……

闯红灯

菊子把两千元钱用花布裹上，弯着腰按在自己身上穿着的裤衩上，用细细的针脚缝了又缝。

收线后菊子用手按了按那个鼓囊囊的花包，一层一层把裤子提好，边系腰带边自言自语：“叫你个贼子恨得慌，看你这次咋骗老娘的。哼——”

菊子准备停当来到堂屋，看见刚去世不久的丈夫的照片。菊子鼻子一酸，眼泪吧嗒吧嗒溅湿了堂桌。菊子难过啊！他知道丈夫“走得怨”。

她不由得想起丈夫最后一次，拿着从亲戚朋友家借的两千元钱，去县城给患自闭症已久的儿子拿药的情景。刚下汽车，没走出百米，丈夫忽然发现脚下有一个钱包，他弯身捡起发现里面有一沓百元钞票，丈夫顿时心头一喜：我要发财了。正在这时，旁边走来一人说，他也看见那钱包了，那人一把拉过丈夫，来到一无人处，说要和丈夫平分钱包里的钱，丈夫心虚又不敢声张，心想白捡来的钱，平分就平分。

正在这时，一辆摩托车开过来，骑摩托的人说钱包是他丢的，说里面有一万元钱。一听那数丈夫吓了一跳，凭丈夫的感觉他知道钱包里没有那么多的钱。要和他平分的那人见状指着丈夫说：“钱包在他手上，不关我的事。”丈夫赶紧把钱包给了骑摩托的人，那人接过钱包数都没数非说钱少了，老实的丈夫可怜巴巴地说：“我确实没拿你的钱，我身上只有给我儿子拿药的两千元钱，不信你们数数。”说着从口袋里拿出两千元钱。这时，要和他平分钱的人，夺过丈夫手中的钱，用力一脚把丈夫踹倒，跳上摩托车两人一溜烟儿地逃走了，原来那两个人是一伙儿的。

明白真相后的丈夫已身无分文，是被放学回家的几位大学生解囊相助才坐上回家的车。他一进门一句话也不说，一头栽在床上，三天三夜没合眼，一个月后就命归西了。

堂桌上湿了一大片。

菊子用袖子擦了擦眼泪，又狠狠地骂了一句："狗贼子，别叫老娘碰上你。"

尽管丈夫走后菊子去拿过几次药，可菊子心里还是没底儿。因菊子瞎字不识，再加上掉向。就那一个公交站，菊子觉得下车时每次的方向都不一样。下车后的第一件事儿，菊子就是打问道儿，因为一进城菊子就弄不清东南西北。唉！没办法，儿子在丈夫走后精神更加恍恍惚惚。眼下她就剩下儿子这唯一的亲人了，儿子已成了她的命。菊子没办法，擦吧擦吧眼泪上路了。

也许是眼泪流得太多，一上车菊子就感到眼皮坠了秤砣似的往下沉，等车开了不足百米，菊子的上下眼皮就沾上了。

恍惚中到站了，菊子迷迷糊糊随着人流下了车，这是哪儿呀？菊子又掉向了，她左顾右盼，努力在记忆中寻找着医院的位置。隐隐中，菊子总觉着有一双贼眼在盯着自己。菊子心想：老娘往左走走。谁知那人也跟着菊子往左走走。他娘的，菊子心里骂道。老娘我再往右走走，看你怎样？那人又跟着菊子也往右走来。

菊子停下了。那人却跟上来了。

菊子想大步往前走，忽然觉得脚下有一个东西，低头一看居然也是一个钱包。呀！菊子的心"怦怦"直跳。娘的，贼子你又要这套。菊子心里骂一句后，心想：我不能和他去人少的地方，菊子用力睁大眼睛往远处望去，倒霉今天流泪太多，无论菊子怎样用力，眼睛就是睁不大。

这时，贼了已来到菊子的跟前儿，小声对菊子说，钱包他也看见了，说着就去拉菊子。菊子不慌不忙地说：“好，既然你看见了，那咱们就平分吧，不过得走过那个红绿灯（交通岗）。”那人听后说好吧。

菊子三步并作两步就来到了红绿灯前，怪了，今天怎么走得这么快？菊子纳闷。这时正赶上红灯，菊子不管那些，几步冲了过去，没被车撞却被警察逮住了：“同志，你闯红灯了。”菊子抬头一看红灯高高地挂在线杆上，一屁股蹲在地上，大声叫着：“大家伙儿听听，我闯红灯了，红灯多高呀？我才多高，我怎么够得着闯红灯呢？”

警察见状，怕影响交通，赶紧拉她到一边。菊子边走边回头望望，只见那贼子还跟在后边儿，菊子暗暗欣喜。然后又大声叫唤：“大家伙听听，红灯多高，我才多高，我闯红灯，我得够得着啊？”菊子的叫声引来了不少人嗤笑，不时有人丢一句：乡巴佬！警察赶紧使劲拉菊子到马路边，菊子这时伏在警察耳边悄悄耳语几句，递给警察一个谁人不知的眼神儿。

等菊子再回过头时，警察已给贼子戴上了锃明瓦亮的手铐。

菊子大声叫着：“贼子，你去死吧！你也有闯红灯的时候。”说罢，菊子放声大笑，她仿佛要把憋闷在丈夫心中的委屈全笑出来。

“大嫂，快醒醒，车到站了。”

菊子伸伸懒腰儿，柔柔惺忪的眼睛，噔噔地下了车。

葡萄架下的夜话

明天就是中国的七夕节——农历七月七。雷鹏和在城里混熟了的几个哥们儿约好，七夕晚上，每人给自己的老婆，撒个圆满的谎，带上自己赶时髦、刚刚“网”到的小情人，找家僻静馆子，寻找一下养情人的感觉。

他们有着相同的经历：都是来自一个地方——土里刨食的农村，爹娘父母努筋拔力把他们从土坷垃窝里拽出来，又历尽磨难把他们举进城里。刚刚从父母手里接过最后一笔房贷，揣着腰包里仅有的仨瓜俩枣，他们寻找着时髦的浪漫。

雷鹏虽然不是倡导者，可他是响应者，是这个组织里的活跃者。这次聚会，哥们儿有的拿高级香烟，有的拿贵重的好酒，雷鹏家里没啥值钱的能拿，他眼珠一转，把胸脯擂得咚咚响，向弟兄们保证，这次行动的水果——刚刚成熟的葡萄他包了，弄几箱，小意思。因为他知道，在老家他娘侍弄着三亩葡萄园呢。

头茬葡萄已经熟了，雷鹏知道。前天雷鹏娘给雷鹏媳妇打的电话，说园里的葡萄红了，让他们周末带孩子一起来家里摘新鲜葡萄吃。雷鹏掐指一算，七夕正好周日，他得在周六晚上回园里摘葡萄。反正他已经告诉媳妇，这周末单位用自家的车，雷鹏跟着一起出差。他还知道，就这高温 40 度，他那懒婆娘，没有车，再有诱惑的鲜葡萄，她也不会回家摘的。

雷鹏天刚麻麻黑就开车上路了。雷鹏想自己到园子里去摘，他不想让娘知道。一则，他这次行动不光彩，不能让娘伤心；二则，他知道，这三亩葡萄园是娘生活的全部。

在雷鹏刚刚升入县重点高中那年，雷鹏的爹，在卖葡萄回家的路上出车祸死了。雷鹏娘没有掉泪，雷鹏娘不能掉泪，三亩葡萄刚刚成熟，三亩葡萄的全部收入，要供雷鹏上高中。雷鹏娘知道她要是倒了，葡萄园也就完了。葡萄园完了，雷鹏的前途也就完了。

雷鹏娘披星戴月，顶风冒雨，靠着三亩葡萄的收入，把雷鹏从高中送入大学；从农村挤进城里，给雷鹏娶了媳妇，还在城里买了“鸽子窝”似的楼房。

雷鹏车越开越慢，想想娘这几年的不容易，刚才在弟兄们面前播胸脯的气焰消沉了。

快九点了，雷鹏才把车开到自家葡萄园的门口。走下车，咦？这时间了，咋园子里有低低的说话声？不好，有贼。雷鹏蹑手蹑脚接近发声地……

“久爱，收了今年的葡萄把地承包出去吧？”咦？谁在叫俺娘的名字？雷鹏纳闷了。

“人家一亩地给一千七百元，不少哩，够你花的，雷鹏的房贷不是还完了吗？”是个老男人的声音。

雷鹏脑袋“嗡”的一声大了。怪不得雷鹏和媳妇三番五次劝娘承包了地，进城给他们带孩子，娘总说离不开地，敢情娘在家有情况了。

“跟秋啊，俺不能把地承包了。”啊？是村东光棍瘸子老秋？娘咋恁没眼光呢？就算想找个老伴，你也不能找个瘸子啊？

娘说话了：“雷鹏的房贷是还清了，可俺欠你的债没日子还清。要不是你这几年瘸着个腿帮衬着俺，俺家的葡萄能有这么好的收成？要不是你把你的祖业——六间大北房卖了，就俺孤儿寡母的，雷鹏咋个能买得起天价楼房啊？他个傻小子，我告诉他这些钱都是俺种葡萄收来的，他就信，他哪里知道，这三亩葡萄才能卖几个钱，要不是你给的卖房钱，他哪里买得起40万元的高价房，卖了我这把老骨头也不值几元钱啊……”

娘还和瘸子跟秋说了些啥，雷鹏一句也没听见。他脚踩油门一溜烟儿奔了他的“鸽子笼”。

第二天雷鹏携妻带子奔了老家。雷鹏娘和雷鹏媳妇把七菜八碟摆上桌时，雷鹏的小轿车里突然钻出了瘸子老秋。雷鹏娘的脸一下子红到了脖子根，蚊子叫似的说道，“你咋来了?”

没等瘸子跟秋说话，雷鹏媳妇一把抱住婆婆说道：“昨晚雷鹏去咱家葡萄园偷葡萄了，我们呀，啥都知道了。”“娘，今天七夕是个好日子，吃了饭，咱和跟秋叔一起到民政局去。”

久爱和跟秋的脸，一起红成了紫葡萄……

烧

再过三天是孙子松强七七的日子。奶奶抱着松强的照片，在床上坐了一晚。

奶奶撩起袖口擦吧擦吧眼角泪滴，软绵绵地下了床。儿子的桑塔纳早已停在家门口，奶奶拉开抽屉顺手抽了一大沓毛票，钻进儿子汽车，一溜烟儿开往县城殡仪馆超市，给孙子置卖东西。

儿媳九换蓬头垢面，斜歪在被卷儿上，两眼无神地盯着天花板发呆。

自从儿子离去后，九换整天就这副尊荣，目光钉在天花板上似的，整日整夜拽不下来。仿佛儿子就在那里，她一撤眼神儿子就会像雨滴一样，掉在地上就找不回了。

儿子离去的七七四十九天里，九换的泪水足足流了三大碗，体重迅减 30 斤，九换怎么也想不明白，自己的哪炷香烧歪了？得罪了哪路神仙？竟让自己活蹦乱跳的儿子，瞬间定格在那里，瞬间与自己阴阳两隔。

人人都说九换命好，就连算卦先生都说九换是“娘娘命”。在这不足百户的村庄里，九换一过门儿就是鸡立鹤群，丈夫不仅人模样好，还非常地能干，自己成立了一个打井队，虽不是啥大老板，可在这方圆几十里也算是屈指可数的富裕户。自己住的房子在这穷乡僻壤就是“北京天安门”。太阳能、土暖气早早就进了门，羡慕得四邻八家的媳妇一愣一愣的。

结婚第二年，九换又生了一个大胖小子，高兴得守寡多年的婆婆，孙子没满月，就把早已从城里买的那辆高级儿童小摇车搬出来，摇着孙子满大街转，说啥：五月天气热，带孙子出来凉快凉快。弄得邻居卿大娘常斜着眼、撇撇嘴，转身嘟囔着："啥天热，显摆孙子呢。"

孙子成了奶奶掌上一颗耀眼的明珠，走亲访友孙子更成了奶奶显摆的物件。孙子松强长得也确实迎人，亲朋好友谁见了谁夸，乐得奶奶满脸开菊花。

转眼孙子上学了，可奶奶走亲访友还是离不了孙子，要是不带孙子，奶奶就像丢了魂儿似的。九换多次对奶奶说，不要让他从下就养成逃课的坏习惯，奶奶每次都是那句话："不碍事，识俩字就行，看俺孙子这身架随他爹，一身的好力气，将来接他爹的打井队，不愁吃，不愁喝，比他们在城里也不少见钱哩。"

气得九换没好气地跟丈夫闹，丈夫小学三年级没念完是个大老粗，看着九换没头没脑地闹，"嘿嘿"一乐："咱娘说得对，我都没文化，凭一身好力气，在咱庄上还不是要吃有吃、要喝有喝的人物吗?"九换没法，只好扯上被子睡了一整天。

儿子由于整天三天打鱼两天晒网，文化知识学了个囫囵半片，到初中就成了洋鬼子看戏傻瞪眼了。九换苦口婆心唾沫都费光了，也没能挽留住儿子的心，初一蹲了两年班也没升上初二，就辍学开他爸爸的桑塔纳，跑村串乡联系打井业务了。

九换悔得肠子青了、头发白了，他觉得不该让儿子蹲班，就是成绩再不好，儿子如果能上初二，就有物理课了，他多少也能知道一些电的基本知识。儿子肯定不会拿起身边的铁棍去挑断了的、带电的电线，一个火球，儿子面目全非……

在这方圆几十里，有个风俗，七七给故去的亲人烧纸，得叫上自家的长辈和要好的四邻，把能想到的、故去的人在阴间所需的东西买全。七七那天给他们"烧"过去，祭品的多少与好赖，在活着的人们之间进行着攀比，有钱人家就要显摆。

七七一大早，松强的坟茔前，围了黑压压一片人，有的是请来的，有的是好事前来看热闹的。

奶奶跪在坟前痛彻心扉地呼唤着："孩儿啊！在那边好好过，奶奶来给你烧钱了。"爸爸从车上卸祭品，小型别墅、法拉利汽车、液晶电视、平板电脑、山地赛车等一大堆时髦的物件儿。

奶奶一边烧一边说："这些都是城里人的物件，孩儿啊！你就享用吧！钱花没了就给奶奶托梦，奶奶给你烧，别舍不得花。"奶奶泣不成声，震散了满头的白发。

卿大娘看看满地的金光灿烂，惊得眼珠子都要掉出来了：这些物件细致的，怕得好几百元呢？知情者插嘴：好几百元？好几千元都买不了，上万元呢？还是有钱人家，卿大娘又斜着眼，撇撇嘴。

突然，九换从车上跳下来，发了疯似的扒开人群，扛一大包书扑向火堆："松强，俺的儿啊！咱不要那些没用的，妈给你烧书来啦！在那边好好学习，来生做个有文化的人吧！"

拉　套

敬轩架起排子车套上拉套，到村西口的水房里拉水吃。

一出门碰见邻家满仓，满仓说：“鸿图不是那块料儿，就别让他再考了，现在打工也不少挣钱哩。俺家铁蛋在建筑队当小工，每月进千八百，顶个国家干部。”

满仓往前凑凑说：“挣了钱，把你家的街门楼翻盖加宽，到时候就不用你再拉这拉套了，人家一大罐水给你送家里才五元，放旱井里吃一个月，你还用受这罪?”这是每次满仓见敬轩拉水吃，都要说的一段话。哼！你家的铁蛋怎能和俺家的鸿图比？就凭长相，俺家鸿图文绉绉的，一看就是吃公家饭的人。你家铁蛋憨头呆脑，天生卖力气的主儿。

这些都是敬轩心里话，不能说出口。他只是冲满仓“嘿嘿”一乐说：“兄弟好福气。”赶紧低头弯腰拉车往水房赶。

鸿图如果今年考不上大学，还得做工作让他复读。敬轩边走边想，今年考完回家，鸿图脸上写满了不尽如人意。可敬轩还是想让鸿图再复读一年，只有复读，鸿图才有希望成为公家人。

虽然现在鸿图在家等消息，可他不能让鸿图拉水，他要腾出工夫让鸿图看书，为明年的复读做充分的准备。

大学是敬轩的理想、敬轩的梦。从小品学兼优的他，只因为爷爷那时勤俭持家，置买了好多的庄户、好多的地，土改时，他们家被划为富农。当时上大学按成分推荐，敬轩一下子从山花烂漫的大学峰顶，跌入了万丈深谷。

当敬轩拉满水一步步艰难地往家走时，大队部的喇叭里突然喊鸿图的名字，知道希望来了，他一下子来了精神，肩上的拉套蹬得紧紧的，一溜儿小跑奔回家。没来得及放水，就奔儿子屋里。

见鸿图一脸愁云坐在那里，敬轩心里"咯噔"一下。鸿图见爹进来，站起来怯生生地说："爹，是本三。"

"本三咋啦？那也是大学哩，不赖！"敬轩兴奋地像撒了龙头的马驹。"可每年的学费得一万多元呢。"鸿图仍愁云满面。

"有钱哩，有钱哩。"敬轩兴奋得耙子似的大手在空中挥舞，他指了指房顶说："你没看见，咱家的房子还是你爷爷在世盖的，为了你上大学，爹连个鸡窝都没舍得修呀，盼的就是这一天哩！"

上大学临出门鸿图说："爹，等我工作挣钱了，先把咱家的街门楼子翻盖、加宽，让拉水的拖拉机能开进来，到时候你就不用拉水，可以买水吃。"

儿子给了敬轩力量。儿子出门时的话又使他心花怒放地拉了四年水吃。

等儿子大学毕业时，敬轩才知道，如今的大学生满大街都是，人才市场上找工作的比他们村赶庙会的人都多。敬轩傻眼了。

他悄悄进了趟城，找到在土管局工作的表弟。表弟说："老哥，现如今要想在县城找工作，没个十万元、八万元的办不成啊！"

敬轩回到家，把猪圈的猪、羊圈的羊、鸡笼的鸡折合了个净，一数刚刚五万元。敬轩在自己家的院子里，磨道的驴似的转仨圈，脚一跺，到村后街胡六儿家贷了五万元的高利贷。"哐当"一声，扔给了表弟，说："鸿图的工作靠你了。"

表弟还真守信用，没出半年就在县城给鸿图上了个县财政。

敬轩除了养种那几亩薄田，还和铁蛋一起到建筑队当了小工。不知是心疼高利贷还是咋的，敬轩从贷了钱就开始肚子疼。

这天敬轩又去拉水，半路上觉得后车盘翘了一下，回头一看，是铁蛋的五岁儿子牛牛在打滴溜。看见敬轩看他，嘿嘿咯笑着，一溜烟儿跑了。

鸿图该找对象了。敬轩忽然想起鸿图和铁蛋同岁。

放下水桶，敬轩到村小卖部给儿子打电话。儿子哼哧了半天说，单位有人给他介绍一个，姑娘倒是不错，只是……只是……

“只是啥？”敬轩高叫着。

“人家的条件是，城里必须有房。”鸿图说话的声音没苍蝇叫得响。

“买房？得……多少钱？”敬轩双手握住电话筒，生怕掉地上。

“爹，您就拿个首付吧，其余的我贷款。”

“首付多少？”

“十万元。”

“十万元？”

……

敬轩又在院子里转了几圈。嗯，得在城里买房子，那样孙子一出生就是城里的人。敬轩想着，就又到两家分别贷了五万元的高利贷。

敬轩拼命挣钱。白天当小工，晚上他还在工地上看大门。他必须多挣钱，人家高利贷的利息每月催得急呀。

这几天老天老是下雨，他出不了工。可这个月收息的日子在逼近。没办法，敬轩就到医院卖血来还。

从医院回来，敬轩还是把院子里那棵长了三十年的老槐树卖了。

儿子打来电话说新房交钥匙了，敬轩本该高兴呀，可他的肚子却一阵比一阵疼得厉害，仿佛有数十条虫子在吞噬他。

缸里又没水了，他努力套上拉套，架起车。老天下一个星期的雨，这个月的工钱又堵不住那个窟窿了。

敬轩注满水，吃力地往前拉，脚下的路上一个水涡接一个水涡。今天的水是咋的啦？咋恁重呢？敬轩用尽了全身的力气，车子还是走得很慢。他的头发在滴水，衣服和拉套黏在一起。不争气的肚子，也狠命地和他较劲。

前面的路在晃悠，他极力稳住脚下，快到家了。到家他要躺下好好休息一下，他现在有点喘不上来气儿。

于是，敬轩用尽了吃奶的力气拉车。突然，“嘣”的一声，拉套被蹬断了，敬轩一个趔趄蹿了出去，一头扎在了泥窝里……

鸿图回家料理爹的后事时，在爹的铺盖卷儿下面发现一份报告单：赵敬轩，男，57 岁，肝癌晚期……

公园的风景真美

我听话地被儿子安排在邻近公园的一座房子里；我听话地按照儿子的旨意，每天到房子前边的公园最少活动两小时。

退休后第二年，老伴儿突发脑出血先我一步走了，我的天没了，我的地没了，我的灵魂也随他进了天堂。以后的一切，都交给了儿子，我如行尸走肉，每天在公园里转一圈再转一圈，像一头磨道的老驴，行驶在画不完的圈圈上，画得这张老脸皱纹更密更深。

公园的一角，一群和我一样画圈圈的老者，在那里争抢着摘一种野菜——“苦累苗”。听到“苦累苗”三个字，我一下子来了精神，“苦累”那可是我们那个年代的绝佳食品呀！此刻，我仿佛闻到了那久违的味道。

当我匆匆走过去也准备摘一些时，一张熟悉的面孔在我眼前跳了一下——孔祥。不会吧？我知道我已老眼昏花。

可四十年前的事情，却清晰地浮现在我的眼前。

难忘师范毕业的那天，同学们眼含热泪互留通讯地址、互赠纪念品的情景，是那么的生动、感人，同学们个个泪眼婆娑，依依惜别。

我和热恋三年的男友高林海更是难舍难分，我们有说不完的话、道不完的情。可在回家乡的小站上恋恋不舍、依依惜别时，高林海突然从我的包里，发现了一支英雄牌的钢笔和一张卡在笔帽上的纸条：用这支笔续写我们感情的真谛吧！落款是：孔祥。

当高林海把纸条狠狠地摔在我面前时，我的脑袋“嗡”的大了。我啥时候和孔祥有瓜葛了？

高林海这个血性男儿，把拳头攥得嘎嘎响，目光里发出一连串的问号：“为何欺骗我？为何脚踏两只船？”丢下他所有的东西，甩开我的胳膊，高林海一人愤愤地离去了。

尽管我以后给他写了好几封信解释此事，都石沉大海……

“景秀，真的是你呀？”在我傻愣愣待在那里时，孔祥竟认出了我。

四十年没见面了，我们坐在公园的亭子里，问了各自的身体、家庭、孩子并互相留下电话号码后，我实在憋不住就问了他四十年前的那件事。

他惊讶地说：“那支钢笔放你包里啦？我是给秋菊的。”他忽然脸红起来：“我说我们结婚后问她，给你的那支我节食三个月才买的英雄牌钢笔呢？她说压根没见到。我不信，为此我们还闹了好长时间的矛盾。”他呵呵一笑：“原来这样，我以为秋菊还有其他心上人呢。”

“啊？怎么会这样呢？”我几乎是失声高叫。四十年的雾霾终于散去了，可太阳却再也不能冉冉升起，因为氤氲的日子太久了。

“哎哟！”孔祥一拍大腿茅塞顿开：“我说我和高林海在县中教书这四十年中，他见了我整天仇人似的，在工作中跟我叫了一辈子的劲，直到去年退休。”

第二天，我忽然收到一个陌生人的短信：原谅我的鲁莽、原谅我的固执，我的鲁莽和固执一定伤痛了你。可叹！人生没有彩排，时光不能倒流，我仅能对你说的只有这三个字——对不起！

不用问一定是高林海。于是我回一条短信：你知道吗？有一朵花在我心里藏了很久很久，枯萎了也舍不得丢；有一把伞在我心里撑了很久很久，天黑了也舍不得收；有一条路我在心里走了很久很久，累了也没找到尽头，小小的错却让我苦这么久……

发完短信，我老泪纵横。

短信再次响起：下楼吧，我在公园等你。

当我再次迈进我转了无数个圈圈的公园时，这假山、这真水、这鲜花、这绿地猛然间鲜活起来。

原来，公园里的风景还真美吔！

地焖儿

金钩子拉着一车白菜往家走。坐在北墙根儿的黑牛奶奶正在高一声低一声地和金钩子大娘说话。

“都小雪啦，白菜都起了，你又该到城里儿子媳妇那里享福了吧？”

钩子大娘咯咯地笑道：“儿子昨个打电话催了，我说还没到大雪，没上大冻呢。儿子楼里的温度二十多度，去了烧包得慌，俺受不了。”说着又咯咯咯撒下一串笑声。

扑通！金钩子车上的白菜被那咯咯的笑声震掉一棵。金钩子没去捡，弯着腰、弓着背用力拉车，头快要钻进裤裆里了。

金钩子听说大娘又要进城，便想起了自己的老娘。猛然间金钩子觉得非常对不起自己的娘。他知道娘是多么希望自己能像大娘家的哥哥那样学习好，考个好大学，做城里人。可自己不争气，天生不是上学的料，上到初中他就成洋鬼子看戏啥也听不懂了。

唉！金钩子没能上大学，不能到城里享福他一点儿也不后悔，城里鸽子笼似的楼房憋得慌，哪有在家自在。但是他后悔，后悔不能让娘像大娘一样，到城里住暖气屋子；不能像大娘说的那样，穿件夹袄就能过冬了。

金钩子越想越后悔、越走越没劲，就把拉菜的车子停下，坐在自家房后的一个树墩儿上抽闷烟。抽着抽着金钩子的脑子就开窍了。他瞅瞅屁股底下的树墩儿乐了，心想，大娘你就瞧好吧，俺娘也能穿夹袄过冬了。他猛吸一口烟，吐出一团浓雾。金钩子眼前满是村北河汊那成片的树墩儿。

金钩子拧灭烟头儿，拉起小车骡驹撒欢儿似的进了家门。没顾上卸白菜就抓起镐、锹奔了娘的北屋。

金钩子把他娘住的屋地下挖一个大坑，又拉了砖，和了泥，垒砌一个方方正正的火池，顺着墙根儿造了一个大烟道，猴子尾巴似的竖在老屋外的后墙上。天黑时，金钩子劈了半车子柴，拿把玉米秸笼着了火。把他娘和他媳妇看得一愣一愣的。

从此，金钩子每天从建筑队干活回来，也不顾劳苦，拉上排子车就奔村北的河汊刨树疙瘩。到那里抡掉棉袄，汗珠子吧嗒吧嗒砸得脚跟疼。拉着小山似的满满一车树疙瘩，金钩子就觉得娘正坐在炕头上，穿着夹袄一样，他心里那个美呀，金榜题名似的。他扯开嗓子吼开了，前几天在电视上，自己含着泪听的那首歌：这个人就是娘呀，这个人就是妈，这个人她给我生命，给我一个家……

金钩子想，自己早听到这首歌就好了，能早点儿知道娘的辛苦，自己也许就早一点懂事儿、早点儿成人了。金钩子也快奔四十岁的人了，从来没被啥事、啥歌感动得掉泪。这首歌金钩子每听一次就感动一次，脸上就爬满小虫子。

金钩子买来温度计挂屋里，他也要娘的屋里二十度以上。每天晚上拼命地续柴、烧火，温度计上的红杠杠徐徐上升，终于二十度了。金钩子高兴得抱着被褥，带着老婆孩子一起睡到了他娘的大炕上。把他们屋的液晶电视机也搬了过来。晚上看电视，他娘和媳妇还真的脱了棉袄。

刚刚进入三九，黑牛奶奶突发脑出血去世了。金钩子的大娘回来奔丧，来金钩子家落脚。

大娘进屋就纳闷儿了，看不见暖气，屋里咋恁暖和呢。金钩子就说："大娘俺不如俺哥有能耐，能让您住高楼大厦，睡暖气屋子，这不，想办法弄了个地焖子，咱院里有劈柴，河汊里有的是树墩儿，俺有的是力气。嘿嘿！俺这是没有办法的办法呀。"

大娘坐在炕沿儿上，拍拍被卷子满脸疑问。金钩子忙说，大娘别笑话俺，为了省个火，俺三口子就跟俺娘一起睡了。

大娘突然挽起袖子擦眼角。金钩子忙问：“怎么啦？大娘。”大娘说：“没事，就是想黑牛奶奶。”大娘说天不早了，要回城里，就出了门。大娘从金钩子家出来，憋在眼眶里的泪花便涌了出来。

大娘心里话：“弟妹呀，你才有个好儿子呢。俺儿子爱面子，又怕媳妇。这些年，你哪里知道，我人在城里，哪睡过啥暖气屋子呀？我睡的是又阴又潮的地下室。哪挨过媳妇的床沿啊！”

网 聊

“四碗儿你得听妈的话，该费心思时不能迷糊。”春枝趁媳妇米花在那屋玩儿手机玩儿得正欢的时候，把儿子叫到自己屋里，摇着儿子四碗儿的肩膀说道。

“嗯嗯，知道了，妈。”四碗儿嘴里应着，眼睛始终没离开手中的手机。

现在的手机是祸害，你看看咱村多少媳妇聊天聊的，都俩孩子了，跟网友跑了，弄得家破人亡，日子没法过了。春枝说着要夺四碗儿手里的手机。

四碗儿把身子一扭，手机按在屁股底下。仰头冲春枝一乐说道：“妈，那玩意儿是分人的，咱米花不是那样的人，您老啊，就放一百个心吧！您儿子我心里有数。”

春枝刚想说啥，四碗儿抓起手机，吱溜！泥鳅似的从她妈的手缝里逃走了。

不一会儿，隔壁屋里传出儿子的鼾声。可屋里却是灯火通明，春枝知道米花肯定又在玩儿手机和别人聊天，心里的火就不打一处来。可她又不敢说不敢管，生怕有个闪失，儿子的婚姻出问题。如今这行情娶媳妇难哪！眼下就这穷乡僻壤，娶个媳妇花十几万元是小事，如今在他们这里大闺女就如秃子头上的毛，稀少啊！有多少家半大小子攥着钱却娶不来媳妇。现在的小媳妇就是祖奶奶，得罪不起啊！整整一晚上，春枝气得合不上眼，在她家床上烙大饼似的，翻了这面儿翻那面儿。

第二天吃罢早饭，四碗儿就跟着村里的打井队干活去了。

米花怀有身孕，在家养胎。日上三竿了才从被窝里爬起来吃早饭。春枝窝着一肚子火也不敢发作，还得贴着笑脸把锅里的饭热了热端上来。

米花并没有吃饭，窝在沙发上噼里啪啦摆弄手机。春枝就一遍一遍地催促说："吃饭吧米花。"米花的目光被拽住似的没离开手机，不温不热地回了一句："不饿。"春枝压压嗓子眼往上蹿的火苗，迎着笑脸轻声说道："吃点儿吧，别饿着肚子里咱的孩子。"米花"嗯"了一声，手却没有停止的意思。

春枝这时候的脸红了，周身燥热，热的最狠的就是脑袋。脑袋一热嘴就有些管不住了。"米花啊，别聊了，手机祸害人啊！看咱村的媳妇都是聊天学坏的，离婚的离婚，跟人跑的跑。家破人亡、妻离子散。"春枝说到动情处，右手使劲拍打着左手，仿佛在拍打那些不守规矩的浪娘们儿。

米花瞪大眼睛，愣在了那里。看着婆婆云里雾里在那里绕，她却一头雾水。因为春枝是早年四碗儿的爹从贵州买回来的媳妇。而米花是四碗儿在云南打工时带回来的媳妇。虽然在一起生活，方言却不相通。两个人都听不太懂对方在说啥，尤其是生气时，语速又快，米花就看见婆婆的嘴嘚啵嘚啵，在那里一张一合。

米花很聪明，她是从婆婆的脸上的表情看出来婆婆不高兴自己。她又猜想肯定是因为手机。米花没言语乖乖把饭吃了。

四碗儿回来，看到米花满脸泪珠。以为米花母亲的病情不好呢，赶紧询问。

米花刚要说话，手机响了。是米花的弟弟的视频电话。打开一看，米花的爸爸妈妈还有弟弟在医院的病房里。米花心一沉，刚要落泪，却见弟弟手里拿着一张纸，咧着大嘴冲她乐呢。电话那头，弟弟高兴地说："姐姐告诉你个好消息，妈妈肚子里肿瘤化验结果出来了，误诊，大夫说那是腹直肌，人人都有的。"

前几天米花弟弟在 QQ 中说，妈妈体检时发现肚子里有个肿瘤，这儿天住院检查呢。这一下可愁坏了米花，自己怀孕身子不方便，老家云南离这儿十万八千里又回不去，心里着急，就没明没夜地和弟弟聊天，随时观察母亲的病情。现在得知是一场虚惊后，四碗儿和米花抱在一起，放声大笑。

春枝听到儿子媳妇一阵狂欢，一头雾水，拧着眉头迈进屋。

四碗儿见母亲进来，赶紧把妈妈拉到身边坐下。把米花母亲的事从头到尾仔细说了一遍。又 QQ 视频，联系了米花的父母。春枝睁大了眼睛。

她知道手机能打电话，怎么还能看见接电话的人呢?

虽然听不懂对方说的啥，她还是跟亲家说了好多知心话，还说了米花好多优点。

春枝忽然话题一转，要儿子给自己也买一个智能手机。儿子不解。春枝说：“我也要看看你远在贵州的姥姥，妈妈十年没回去了。”说着眼睛潮了。

规 矩

根旺坐在沙发上狠命抽着烟。

贵臣坐在床沿上狠命抽着烟。

烟浪一股接一股，冒了好大一会儿。

“爹，你就别为难蹦墩了，他刚十岁，还是个孩子，可着村子家家户户磕头找人，那不是要他的命吗?”贵臣狠劲拧灭烟头说道。

根旺也狠狠拧灭烟头，脖子一梗，硬硬地甩出——“不行。在这个家族里，你爹我说了算。”

贵臣一听急了，啪！把手里的打火机使劲摔地上。“你的心铁打铜铸的啊？连十岁的娃子你都不放过?”贵臣瞪着一双血红大眼。

“老子归天，儿子找人撺掇后事，给人家磕头行礼那是规矩，谁都不能破。”根旺站起来，一只手撸起贵臣的衣领，一只手指着贵臣的鼻尖，卖力喊着。

根旺用力推了一把贵臣，自己却蹲坐在沙发上。想起蹦墩，根旺鼻子一酸想起了那年，自己给老爹办丧事。

那年他也是不满十岁，父亲病故。本来就妒忌父亲买卖做得好，家产殷实的大伯和三叔，看母亲年轻，怕父亲去世后卷财产改嫁，故意给他们母子难看。

当母亲提出要根旺出去找人撺掇时，大伯和三叔就哄着母亲说：“孩子小，你又是女流之辈，找人撺掇的事你们就别管了，我们弟兄俩帮你们找吧。”母亲信以为真，千恩万谢两兄弟。

谁知两天了，没有一个人上门撺掇。母亲就问两兄弟怎么回事。俩家伙露出了真面目："要想帮你找人可以，村南的十亩水浇地归老大，后院的三间大北屋归老三。答应了，立马找人，后天下葬，如若不然死人臭在家里。"

母亲一听急了："你们这是趁火打劫啊？你们的兄弟尸骨未寒，你们的侄儿还未成人啊！你们这么折腾，不是要俺娘俩的命吗？"俩东西咬牙切齿，放出话："不答应我们的条件，自己把死人背坟头上。"

母亲牙齿咬得嘎吱响，一气之下拽上根旺，披上大孝，挨门挨户磕头行大礼找人撺掇。可人们把头摇得拨浪鼓似的。原来村里有个规矩，人一倒头，孝子就得挨门挨户磕头行礼找人撺掇帮忙，晚了，那是瞧不起人，给人弄难看，谁要再去，人们就会小瞧谁。

母亲无奈抱着根旺一顿痛哭后跑回娘家，叫来自己几个兄弟帮忙，总算把人埋了。

从此，跟大伯三叔两家生死不相往来。

蹦墩的爹——满意过得也不错，可他几个兄弟也是如狼似虎之辈，根旺是心疼蹦墩孤儿寡母，不愿让他们走自己的路啊！

根旺只想给贵臣两巴掌，这件事给他讲多少回了，没记性的兔崽子。

贵臣的电话响了。是蹦墩妈彩凤的电话。说满意闯不过今天晚上，问要不要把蹦墩接回来。

贵臣瞪了根旺一眼，没有回彩凤话就出了门。

第二天早上，把满意从医院拉回家时，蹦墩跪在堂屋门口。

一切安排就绪后，根旺扯了丈五孝布，叠了三折披在蹦墩身上。拽起地上跪着的蹦墩就要出门。他要领着蹦墩去挨门挨户磕头行礼，尽管能帮忙的壮劳力都出去打工了，那就给在家里他们的老子行礼吧，让他们给儿子打电话。他早想好了，他不会为难蹦墩，必要时自己得说话，该免磕头的就免了。看在这么小的孩子分上，人到理不亏，不磕头他们也不会怪罪的。

根旺拉着蹦墩转身出门，忽然看见满意家门口，黑压压来了一片人。

满意那几个虎狼兄弟来了；自己的仇人大伯和叔叔家的孙子们也来了。根旺纳闷了，蹦墩还没去给他们磕头行礼呢，怎么都来了？不对啊，这些人可都在外打工呢，就是蹦墩给他们的老爹娘磕完头，老爹老娘给他们打电话，能明天赶回来也就不错了，这……

这时贵臣说话了："感谢弟兄们如期赶到。彩凤给满意看病花了不少钱，蹦墩还小，满意的丧事，咱们就按咱们群里说的办，只帮忙，不动筷子。"

好久不回家了，干完活中午饭各自回家找老婆吃吧。

原来贵臣建了个"漂泊者"QQ群，把村里所有在外打工的人都拉了进去，一则是有闲暇时间，在群里涂鸦几句解解闷儿；二则谁家有困难了在群里说道说道，大家出出主意，三个臭皮匠顶个诸葛亮；第三谁家有啥大事，贵臣可在群里招呼一声，大家一起帮忙。昨天他把满意的事儿在群里一说，大家一呼百应，就连在海南打工的小林子，坐飞机也赶回来了。

贵臣看了一眼根旺说道："以后吧，老规矩得破了，不再磕头行礼了。"他把手机举得高高地说："谁家有事要大家帮忙，QQ群里招呼大家，或者电话联系。"

根旺一听，使劲抿了抿那张早已咧开的嘴，指着贵臣骂道："你个小兔崽子今天成祖宗了。"

根旺说完一脸轻松。

期 盼

“龙翔啊，小琴这个时间到医院了吗？咋还不来电话呢？”老人坐在沙发上，望着门口担心地问。

“还到不了呢，妈。”龙翔嘴凑到老人耳朵根儿，大声说。

老人如今已经八十五岁高龄身体还可以但耳朵却背得很。

“她去了有俩小时了吧？”老人看看客厅墙上挂着的，她永远也看不懂的万年历问道。

“还没到呢，妈，小琴才出去半个小时，估计还没到呢。您老不用费心思的，小琴到了自然会给咱们打电话的啊，妈，咱不急，慢慢等电话吧，啊！”龙翔说完再次把脸别向一边，眼眶发热，鼻子酸酸的。龙翔每次回答老人家的问话时，喉咙就像塞了棉絮，满满的，涨得他难受，泪珠决堤洪水似的冲撞着脸颊。

因为这个问题老人家已经问了龙翔十八年。龙翔也这样回答了老人十八年。

十八年来，每次老人都这样糊里糊涂地问起，龙翔每次都像老人第一次问一样，认认真真地回答老人。

因为老人得了老年痴呆症，她的记忆定格在了十八年前的那一天。

十八年前，在一个阳光明媚的下午，小琴的女儿冰冰打来电话，说自己肚子疼住进医院，马上要生孩子了，要妈妈过来给自己壮胆。小琴听后满心欢喜，她激动地拍拍龙翔说：“看看咱们马上做姥姥姥爷了。”可瞬间小琴双眉紧皱，满脸阴云。因为最近小琴的妈妈得了老年痴呆症，好多事记不清楚，出门也离不开人，她又放心不下老娘。一头是自己的心头肉，生死攸关需要她的温暖；另一头是给自己生命的人，糊里糊涂需要她的照顾。

龙翔拍拍小琴的肩膀，又拍拍自己的胸脯，胸有成竹地说："放心做你的姥姥去吧，妈这里一切有我。"

临出门，老人睡午觉醒来没起床，小琴就趴到老人头起，告诉她，冰冰要生孩子了，她要到医院照顾冰冰。她让老人家放心，到医院生了给她打电话报喜。

说也奇怪，已经患有老年痴呆症的老人家，说到她一手带大的外甥女冰冰要生孩子，她自己就要做太姥姥突然就清楚了。

俩手撑着吃力地坐起来，笑得合不拢嘴，拉着小琴的手，千嘱咐万叮咛，到医院一定要打电话，告诉她冰冰生的闺女还是小子。还说了一大堆月子里要冰冰注意的事项。还颤颤巍巍从枕头底下摸出一个小布兜，抓出一大堆零钱，说生孩子用得着。

小琴临出门，笑盈盈地趴在老人家耳根说："妈，您在家等好消息吧。"

谁知半个小时后，好消息没到，噩耗却传来，小琴去医院的路上遭遇车祸，当场毙命。

小琴是老人唯一的孩子。老人是在小琴五岁上就守了寡。一个倔强的妇人，舍不得女儿受委屈，谢过无数媒人的好意，执拗地一个人把小琴拉扯大。

从小学到大学，小琴的学业一项没落下，别的孩子有的，小琴也有。老人没工作，也不识字，只有靠老人的一双手，给别人当保姆、做家政，没明没夜一点一滴挣钱，来供她到大学毕业。

小琴也是个善良、孝道的好闺女。在她找对象的时候，她唯一的一个条件是，男方必须一辈子爱老人、照顾老人，无论老人的灾难、疾病、痛苦，都要无条件把老人照顾好，让老人安享晚年。

龙翔就是奔这个条件来的。因为龙翔和小琴是从初中到大学的同学。小琴和老人的一切龙翔都看在眼里。龙翔佩服老人顽强、执着，又仰慕小琴的贤惠、孝顺。

也不知冰冰生了没有？老人又担心起来。

龙翔刚要说话，却发现冰冰和她十八岁的儿子小虎，手里捧着大学录取通知书泪人似的站在门口。

十八年了，尽管冰冰常来和爸爸一起照顾姥姥，可她从不敢叫一声姥姥，她不想惊醒姥姥的梦，怕弄丢了深藏在姥姥心里的那份期盼。

方便时回个电话

接到洁泣不成声的电话，我火急火燎赶到街心公园小凉亭时，洁情绪有些失控，抓住救命稻草似的，瞬间扑进我怀中放声大哭。我的心连同她的泪水一起汹涌澎湃。

几经口舌之后，洁微微抬起早已湿醉了的脸颊，泪眼蒙眬的背后藏着极度的绝望。从她的目光中，我也感到了问题的严重性。

"他有外心了，俺的家即将毁灭。"洁说着泪水再次漫过脸颊。

"你抓着证据啦?"我拧眉反驳。洁是自由恋爱，夫君是科室小科长，有固定收入，婚前公婆早已给他们房子、车子备好，算得上无忧无虑。婚后夫妻恩爱，儿女绕膝，现代家电应有尽有，也算得上美满幸福。看看洁，虽然算不上沉鱼落雁、闭月羞花，可在这小县城也算得上是天生丽质、秀外慧中的人尖子了，丈夫出轨？谁能信啊？除非她丈夫脑子进水了。

洁见我怀疑，从兜里掏出手机，打开两张照片让我看。是一行字：方便时回个电话。

就这？我想笑。年轻人吃饱撑的吧？"一个短信就小题大做，要有一段聊天记录你就不过啦?"我还是有些不信。

"两口子过日子，要相互信任，不要疑神疑鬼。"我一副大姐姐的口气开导洁。

啪啪啪，洁又打出三张同样内容短信的照片。洁用手在手机触摸屏上一划拉把照片放大，一个一个把时间指给我看。

才半个月，他收到同一个号码三个同样内容的短信，我调查过了，是她同科室的一个妖精。

“姐姐你说，他们上班整天泡在一起，下班还这么磨磨叽叽，是不是早就勾搭上了。”

“也许他们科室真的有事，人家只是发了个礼貌性的短信呢？你这样怀疑岂不是冤枉了好人？”我觉得就这三条短信就判断她老公出轨有点不妥，我在替她老公辩解着。

起初我也没有怀疑。洁此时此刻情绪稳定了很多。“是我的一个姐妹，带着娘家几个弟兄亲自把她老公和一个女的在宾馆捉奸在床，大闹离婚时，姐妹说的话提醒了我。”

啥话？这么对你有触动？

“方便时回个电话！”她丈夫也是接到这个同样内容的短信后出轨了。

洁见我迟疑，接着说道：“姐妹家那个没良心的收到‘方便时回个电话短信’后，就开始给自己媳妇编谎话，说单位加班。前两次姐妹信了。一次又一次，姐妹多心了。有一次丈夫又说加班，我姐们就沉不住气了，大晚上跑到丈夫单位门口等，等他下班，谁知一等就是一个晚上。直到第二天早上，到上班点了，才见丈夫急匆匆地往单位赶。姐妹一下子气得要死，掏出电话打过去，问他人在哪里？畜生大白天说梦话，捏着鼻子，压低声音，装出一副刚刚睡醒的样子，告诉媳妇自己加班晚了，睡在单位，还故作吃惊地说，哟！快八点啦？多谢媳妇的电话，要不然就会睡过头上班要迟到了。姐，你说这个王八蛋，睁眼说瞎话，他还是人不？”

小三破坏家庭，电视上见过，这么近在咫尺，我又一次瞪大眼睛。

“我姐妹有心机，”洁继续她姐妹的故事，“三五回合就摸清了那对狗男女的行踪，叫上娘家几个弟兄就把那对狗男女捉奸在床，好一顿暴揍，还把捉他们的视频放到了网上。”

我脑海里出现的是电视剧里的画面。

“姐姐，”洁据理力争，“我家情况和姐妹俩家如出一辙……哇哇哇，洁又开始哭泣。姐我该怎么办？我不想捉奸在床，我不想离开这个家，离开两个孩子。我找你这又知心、又有文化的姐姐，给我出出主意想想办法啊！”

我刚开动脑筋想时，我家老公来电话了，说让我赶紧回家吃饭吧，吃了饭他要到单位加班。

我说：“你看，男人加班是常有的事，我家这情况也是常有的。你丈夫不一定就给你姐妹丈夫一样。”

安抚好洁，告诉她不要冲动，让我考虑一下，明天给她一个办法。

匆匆赶回家，晚饭已上桌。

吃完饭，从来不看老公手机的我，趁老公换衣服之际，鬼使神差地翻开老公手机短信栏，突然跳出了一串烫眼的文字——方便时回个电话。往前翻翻连续三个。

“啊?”一声尖叫我手中的手机摔到地上，眼前一黑重重地蹲坐在沙发上。

老公听见响声急忙忙前来询问，我说头有些晕。

老公倒上一杯水，从药箱拿出降压药放我面前，甩门加班去了。

头出奇的疼，疼得我想不出明天给洁的办法……

推倒的墙头

节气刚过大雪，金凤的闺女就把她接到城里新买的楼房里住了。

姑爷是个海员，常年在外，一来金凤来了给闺女做个伴儿，二来闺女心疼娘给金凤省个煤炭钱。

这不，闺女这周到昆明学习去了，金凤要不来，外孙子就没人照看。虽然金凤生在农村，可她是“文革”时的高中生，在村里也算是识文断字的文化人呢。来到城里不晕头也不掉向，接送外孙上下幼儿园一点也不成问题，闺女放心着呢。

闺女也忒放心了，忘了留给母亲的是个不满四周的幼儿，一些突发事件闺女想都没想，这不，在这初寒乍暖的日子，睡到半夜里，外孙子浑身上下，像扣了火盆子似的烤人。

这要在乡下，金凤一点也不怕，背起孩子一阵旋风似的就奔村医马建国家去了。可这是在城里，金凤没一个亲戚、没一个朋友，医院在哪个方向她都不知道，抱着滚烫的外孙，金凤满脑袋汗珠子乱跳。怎么办？

姑爷在国外，姑娘在天边，金凤呼天天不应叫地地不灵，抱着外孙，磨道老驴似的在客厅里转圈圈。看着外孙烧得通红的小脸，听着外孙鼻孔里喘出的热浪，金凤泪眼婆娑。最后实在没办法，金凤一咬牙，按响了对门儿的门铃儿。

门里传出闷闷的声音：“谁呀？这么晚了？”是个老男人的声音。

金凤赶紧应声：“我是对门儿的，我外孙病了，姑爷在国外，闺女出差了，家里没人想请大哥帮个忙。”

门里传出声儿："等一会儿，让我叫醒我儿子。"

金凤耳朵一机灵，仿佛被一小刺扎了一下。这声音咋恁熟呢？好像乡下的邻家、自己的死对头二柱呢？不会吧？

金凤正在那儿凝眉琢磨时门开了，站在他面前的正是她的死对头高二柱和他的儿子。

和金凤一同张大嘴巴的还有二柱父子俩。

要说啊，金凤和二柱是上辈人指腹为婚的。从小俩人一起上学、一起打猪草，形影不离。同学们见了金凤也都"二柱媳妇二柱媳妇"地叫着，可到了真正的谈婚论嫁的时候，金凤娘却变了卦。原因很简单，二柱爹去山里给生产队拉煤，路上骡马惊了车，车、马、人坠入深谷命丧黄泉。二柱娘接受不了这件事，天天往西山方向疯跑，说是接二柱的爹回家吃饭，十几个爷们儿拦都拦不住，哭着闹着叫着，不吃不喝三天三夜散了身子架，软绵绵地被人抬回了家。

金凤不同意退婚，可搁不住她娘软磨硬泡：一哭二闹三上吊，最后金凤含泪嫁给了二柱家仅有一墙之隔的、当时村主任的儿子李宝忠。

结婚后好几年两家相安无事，各过各的日子。

可后来李宝忠不知哪根筋搭错了，非说金凤的心早给了二柱，对他不是真心。任凭金凤怎么解释、怎么表白他就是不信。李宝忠怎么看二柱怎么不顺眼，所以就想着法子找二柱的茬。

李宝忠想法子使坏，就在和二柱家间隔的墙头边上盖西厢房，后房檐就压住二柱家的墙头，下雨天瓦口水汆了二柱家一院子。

二柱一看急了，这叫啥事呢？仗着你家有权有势，骑在我头上拉屎呀！二柱心里话：抢了我媳妇还没找你算账呢，出这损招，莫不是脑壳痒痒了，借我们家的锤子砸你的核桃呀？

二柱疯牛似的蹿上墙头，抡起大锤三下五除二就把李宝忠家的房檐砸得七零八落。几年前的夺妻之恨，二柱发泄得淋漓尽致。

李宝忠见状急红了眼。李宝忠是谁呀？村主任的儿子，在村里那是大闸蟹，全村哪条街上他也是横着走，哪个敢挡道？高二柱难道你是狗熊豹子转世？敢在我老虎嘴边拽胡须？

李宝忠抓起自家的大锤爬上房，抡起大锤一边向二柱的脑袋上砸去，嘴里一边大声叫着：“高二柱你在这儿充啥大尾巴狼，敢和我李宝忠作对的人还没生出来呢。我今天非砸了你的核桃不可，我还告诉你，砸了你的核桃也白砸，老子也不会坐牢！”

二柱正在发泄夺妻之恨，根本就没听见李宝忠的叫唤。当李宝忠的大锤砸下来时，正好和二柱的大锤迎了个照面，啪，二柱的大锤的把，在大锤头部断了，大锤的头儿高高飞起后，不偏不倚正砸在李宝忠的脑袋上，瞬间，李宝忠的脑袋就开瓢了。得，高二柱的大锤砸了李宝忠的核桃。

虽然知道李宝忠的死是无事生非，有点儿罪有应得，但是，金凤还是不能原谅二柱。因为是他让金凤守了寡，是他让金凤的孩子没了爹。

金凤把和二柱家间隔的墙头加高了一米，她想从此两家老死不相往来，可谁知今天却……

二柱儿子抱起孩子，一溜烟儿地下了楼，二柱拽起还在发呆的金凤钻进了二柱儿子的私家车。二柱儿子东拐西拐抄近路进了医院。医生说孩子得的是急性脑炎，亏得送来及时，不然落个傻子算是好的，丢了小命很有可能。

金凤闺女出差回来知道后，跑到对门千恩万谢。从此两家多了来往。慢慢地两家儿女也了解了当时的实情。

第二年开春，二柱和金凤都要回乡下时，两家的儿女分别开车把老人送了回来。两家的孩子们一合计，就把搁在两家之间的那堵墙拆了。

在二柱从牢里回来的第二年，他的妻子突发脑出血去世了。

看看推倒的墙头，二柱和金凤的心里都亮堂了许多。

叶儿飘落

“喂！双子，这日头大的，墙皮都晒得嘎嘎响。那麦浪翻得俺心慌，你啥时候能请下来假呀？麦熟可是一晌的事儿呀！”叶儿站在自家的麦田头儿上给丈夫打电话。

“叶儿！我这不刚刚给老板请假了，老板说三夏大忙季节，请假收麦的人多，工地上人手缺少。老板说让我别回去了，这几天给我双倍的工钱。叶儿，你说呢？加上来回的路费，咱能多挣不少钱哩！”

“那咱家那七亩麦哩？晌后比晌前就黄了不少哩，那麦穗穗晃得俺心里发慌。”

“慌啥哩？如今都实行联合收割机了，你又会开咱家的三马子，割上二斤猪头脸子，叫上前院儿的磕碜兄弟给搭把手，破上一天也就收了。”双子说的麦收给小孩子过家家一样容易。

叶儿撂下电话，掰着手指头一算，双子回家，来回路上得两天，回家等收割机、等播种机、再浇上压子水十天半个月就过去了，双倍的工钱，这半个月下来就是平时一个月的工钱，嘻嘻，钱不少哩。

叶儿心里那个美呀！这些钱足够买下新盖的五间大北屋的地板砖，她要铺村东大旺家铺的那种，光而不滑，明亮得像镜子。想想那心仪的地板砖，叶儿啥也不说了，心里一个劲儿傻乐！

“喂！双儿，咱家玉米娃都抱白皮了，你请假回家收秋吧！”

“叶儿呀！你听我说，这次我还没请假呢，老板就找我来啦，说工期马上到了，当下的任务急，又是这大忙季节，让我还是留下吧，这次老板说了，给我四倍的工钱。”

“可是双儿，这秋好收，俺怕麦俺种不好呀！”

“怕啥？如今都用悬耕犁了，连个耙子都不用着地，你买上一挂猪连肝，村小卖部打二斤散酒，墩给磕碜，还能有啥事哩？”

“可是，麦收装麦，磕碜兄弟搭把手还可以，这秋收又种麦又施肥的，磕碜兄弟拖着那条残腿会受不了的。”

“行行行，再给他割二斤猪头脸子，不就啥事没了？就这吧，叶儿，我这还忙着哩。”说着双子挂了电话。

撂下电话，想想磕碜兄弟的那条残腿，叶儿心里一阵发憷。只是瞬间，叶儿又想起刚刚双子说的四倍工钱，叶儿的心忽得就敞亮了，她想她家的铝合金门窗……

叶儿刚刚收拾的场光地净，她们村就该过大庙了。叶儿心里一点不急，日头两竿子高了，叶儿才起来收拾，她知道，双子不在家，自己娘家又远，不会有人来赶庙的。

可当叶儿刚刚打开街门时，双子就像一头撒欢儿的叫驴似的蹦进了家门。

一边从包里拽出两只鸡、三只鸭、一大块肥嘟嘟的牛肉，一边扯着叫驴嗓子打电话：“喂！三良子呀！忘啦？我家过庙会呢，你过来吧，好久不见啦，咱哥俩好好喝点儿。啥？给老板请假呀，工钱任他扣，几个工钱能抵挡咱哥们儿的情谊，别废话了，快来吧，等你哦。”

接着又打：“喂！二仓，我，双子。忘啦？今儿俺村过庙会呢！过来呗。啥？请假呗。扣就扣呗，咱哥们儿还在乎那些？我回来老板扣我六倍工钱呢？来吧，咱哥们儿聚聚，等你哦！”

“喂！四才呀……”

等双子打完电话，摆弄酒菜时，叶儿压了压心中那个火球说：“双子，把咱磕碜兄弟叫过来坐坐吧，地里活人家没少帮忙哩。”

双子把眼一瞪，他那样登不了席面。说着，从包里拿出几片猪肝，毛腰从床下抓出多半瓶散酒，递给叶儿说：“给他送过去吧，咱不亏待他。”

当叶儿拿着东西，在自家院里转了三圈，腿沉得像灌了铅，她觉得自己迈不出这个门儿。没办法，叶儿就把自己关在自家西厢小库房里。

不知为什么，叶儿今天特别想喝酒，拧开瓶盖一仰脖，多半瓶酒就进肚了。叶儿肚里的火球更旺了，一直烧红嗓子眼、烧红了脸颊、烧红了全身……叶儿还想喝，就抓起窗台上的半瓶又喝了。叶儿纳闷，同样是酒，咋味儿就不一样呢？

营养微笑

四十岁的女人再不揪就很难揪住青春的尾巴了。在学校几个年轻同事，见我几年如一日地一个发型——扎着马尾，轮流着劝我改变发型、改变形象。也许是有了人老珠黄的恐慌，也许是如今的工资涨了那么一点点，没了主意的我，被几个年轻的教师簇拥着，半推半就进了一家很上档次的美发店。

美发店很干净、很时尚，我压根儿没进过，我装着不是刘姥姥，偷偷地打量四周那些我从没见过的家当。

见我进来了，老板、服务生都很热情，拿出板型图让我们选择发型，个个脸上挂着不是亲人胜似亲人的微笑，顷刻间一股暖流注入心间，当即拍板定下，改变发型。

服务生飞快地拿来一张不同价位的表格，问要做哪个价位的。一脸胜似亲人的微笑，甜甜地说，如果我拿不定，他可推荐。见到亲人的微笑，顿时六神无主，只好接受服务生推荐一中高档价位的一种，在几个同事鼓励的眼神儿中，咬咬牙，潇洒一回。

剪、卷、烫、染后，确实打造出了一个全新的我，同事们一片哗然，说我时尚五倍、年轻十岁。我傻呵呵地享受着被忽悠的幸福感。得，就当自己年轻十岁，我始终不敢抬头照镜子，生怕丢失了那傻乎乎的幸福感。

三天后，我按服务生的要求去做免费的营养。吹干后服务生让我顺着发根往下摸，看看啥感觉？耶！光滑如丝绸。服务生兴奋地拿出几套不同价位的营养膏，问我做哪种。还得掏钱？我犹豫了，为刚才的潇洒劲而后悔。服务生很会说话，带着亲人的微笑：“您做的这个价位的头发，必须做营养，才能保证您的发质柔软、蓬松，还可以衬出您的发型，彰显您的气质。”

服务生一连串儿用了好几个“您”，我有点蒙了，再看看亲人似的微笑，心再一次被软化，再次咬牙，再次潇洒，买下一种高档营养膏。

两个月后营养膏用完了，头发也长得变了形。拍拍自己的钱袋子，不想再潇洒了。当我再次走进美发店，服务生得知我只是随便洗洗、吹吹时，那胜似亲人的笑容不见了，丢给我一句话：等会吧。

我寂寞地坐在一角落里，品尝着服务生投给别人胜似亲人的微笑。

许久，我怯生生地问：“是否该我了，我进来将近个把钟头了。”服务生用眼角扫我一下，说：“前边的不是烫发就是营养，你再等等。”啥前边的，我后边有还几个都去做了，却没人理我。就连往日常和我嘻嘻哈哈开玩笑的老板，从我身边过来过去，脸上的笑容稀疏得像阴天里的星星，勉强擦出一点昏昏的光。

宋丹丹的话，忒伤自尊了。于是，高声叫着服务生，再拿一瓶和上次一模一样的营养膏。为了自尊，管不得钱袋子了。服务生瞬间拿来营养膏，又戴上了久违的胜似亲人的微笑：“请您到这边洗一下头发。”这就该我啦？我好生纳闷。早知如此，进门就该要一瓶，白白丢了我读小说的时间。

望着镜子里服务生娴熟的动作，再看看服务生脸上失而复得的微笑，我突然明白了。

哦！原来微笑也需要营养膏。

余　热

春芝送走最后一批客人，简单收拾一下，等儿子洞房的灯熄了后，双手掐住酸痛的腰，拖着麻木的双腿，一步一步挪回屋。插上房门，一下子瘫在床上。

此时，她像战场上歼灭完最后一个敌人的战士；又像运动场上撞了红线的运动员，取得生命历程的胜利。身体虽然疲惫，内心却释怀了许多、轻松了许多。

只是瞬间的轻松。春芝又觉得下一个战斗、下一场比赛又一步步向她逼近……

强撑起身体，挪动着肿胀得像发面馍馍似的双脚，走到铺柜前，解下裤腰带上那把钥匙，打开锈得面目全非的锁，从中搬出个小盒子。

盒子盖打开，春芝却不敢直视，丈夫大路一束目光正直勾勾地盯着她。今天是咋啦？丈夫的遗像又不是看了一次两次？这次丈夫的眼光格外刺眼。像闪电，在春芝的心灵深处闪过。紧接着春芝的脑海里又轰地打了声闷雷。闪电和闷雷使春芝眼前一片漆黑，险些倒下。

春芝定定神儿，从丈夫的遗像下拿出了一沓子纸条。

第一张是她给大儿媳妇打的保证条儿：儿媳进门后，要她和二小子搬出去住，五间北房属于大儿媳一家，还不挡窟窿。

唉！春芝当时没办法。丈夫大路在建筑队施工时，不慎从二层楼高的房架上摔下来，碰到了要害处，当场丧命。

一个寡妇家，带俩半大小子，日子是苦瓜拌黄连。儿子到了成家的年龄，媒婆来了去去了来，红线就是牵不上。也是，谁愿意让闺女过这清汤寡水的日子。

好不容易有一家姑娘看上了儿子，却提出了那样的条件。不答应吧，儿子眼看着已过二十五岁，乡下孩子结婚早，村里人早背地里叫儿子“小绝户”了。咬咬牙，为了儿子，她打了条，还按了红红的手印儿。那手印红得像她心底浸出的血迹。

大儿子装房子结婚，把她和丈夫平时的积蓄花光了。不够，又搭进去了些丈夫的死亡补偿金。

第二张是二儿媳妇的。得，条件更苛刻：五间北房一团院，家电人家有的，咱不能少，也不还窟窿，老人另立门户。人家的话：前面有车后面有辙。

无奈，春芝找到丈夫生前的那家建筑队，当上了小工。搬砖、和泥不亚于那些纯爷们儿。莲藕似的胳膊大腿，半个月扒了三层皮，工友们叹息地直摇头。

如今，房子总算盖了，媳妇总算娶了。可……

第三张、第四张……春芝一个接一个往下排：欠大哥一千元、二妹五百元……厚厚一沓子，不用数了，都刻在她心里了，整整五万元。

这五万元锁在盒子里也锁在了她心里。

她想凭自己的能力临老还清债务，轻轻松松给大路一个交代。可如今她没这个能力了。她去不了建筑队，当不了小工了，由于劳累过度，春芝腰椎间盘突出，双腿朽木似的，干不了体力活。

春芝看看这一沓子纸条儿，就觉得像一层一层压在一起的山石，有千万斤重，压在她的心尖上。春芝要像大山一样，去承载着这些岩石，任狂风暴雨终摧折……

春芝把丈夫的遗像摆放在堂桌上，插上三炷香，从怀里掏出那张县报。双膝努力跪下：他爹，我尽力了，可……我给孩子们的只有这点热了……

一股热流涌了出来，洇湿了报上的那行字：谁愿替我还债，我当犬马相报……

老 六

还差十六分钟就下班了，我的手机响了，屏幕上蹦出俩字：老六。

这小子咋这时候冒出来了，他不是到市里伺候他老舅了吗？我们好久没联系了，他一来电准有事。

以前，每次接通他的电话，他的第一句话准是："哥，有时间吗？今儿请你撮一顿。"好像我八辈子没吃过饭，也下不起馆子，整天饭点坐那里转等人请我似的。还没等我开口，他的下一句准是："哥，你六弟今天手气不好，栽了，你拿过来两千元，我就是回家糊弄下媳妇，明儿一准还你。"

起初我也信了。因为老六和他媳妇成亲时确实是高攀了。老六家住农村，条件差不说，模样还对不住观众，巧就巧在他那张嘴上了，上通天文，下晓地理，中间的生辰八卦他都说个八九不离十，就凭他那三寸之舌，无房、无车、无学历的他，硬是把一个本科毕业、在县城有工作、独生女、有车又有房的小芊迷住了，尽管丈母娘一千个、一万个不同意，也架不住小芊一哭二闹三上吊，丈母娘只好爱屋及乌，把他这只癞蛤蟆娶进了小天鹅的巢穴。

谁让我和他是好哥们儿呢，老六在他丈母娘家又是那样的地位，在他媳妇面前装腔作势，逞个能也是理所当然的。

老六执迷赌博还有个原因，总想着自己狂堵一把，来个鹞子翻身，好直直自己的脊梁骨，在丈母娘家大声喘喘气。

于是乎，没有撮他那顿饭，乖乖地把钱给他打卡上了。第一次还真准，第二天中午两千元一分不少打进我的卡里，我心里话：老六嘴滑心不滑。

这样的事情到了第三次就有变化了，两千元钱变成了一千元，老六留言：“哥，先给你一千，最近弟弟运气不错，剩下的一千做劈头，等弟弟发了双倍还你。”

我等啊等，等了六次也没等到他发的那天，到等来他欠我六千元的亏空。害得我被老婆我臭骂了一顿：“一个大老爷们心是豆腐做的？一而再再而三地骗你六次，你是木头人啊？”为了证明我不是木头人，我决定请老六撮一顿，让他赶紧把钱还我，要不我家后院就冒烟了。得，我一打电话，漂亮的小姐发话了，你拨打的电话已关机。我又被老婆一顿爆骂，逼着我打听老六下落，老婆还一准百准地说，肯定栽烂堵窝里了，自己的钱算是打水漂了。

后来我老婆千辛万苦打听到了——老六到市里伺候他老舅去了，兴奋地说：“我们的钱还有盼头。”

这次打电话肯定又有了绊头，准还是那句话：哥，有时间吗？我请你撮一顿吧，然后提钱。

被我猜中了，电话一接通，那头说话了：“哥，你下班了吗？我请你撮一顿吧。”老六还是老一套，这次我可不木头人了抢先一步说：“老六，我马上下班，这次哥请你撮一顿……”我后边的话还没说，老六就抢先答应说：“好的，老朋友餐馆见，老弟有好消息相告。”这小子改变策略，换花样了。我心想，无非是巧言花语几句，变个法再套钱。

当我下班匆匆忙忙赶到餐馆时，老六点了一大桌子菜等我呢。当看到我吃惊的眼神，老六笑了：“哥，别这样大惊小怪的，来来来。”说着抓起一瓶我想都不敢想的、价格不菲的酒给我满上说，“咱们连干三杯，兄弟我有好消息告诉你。”“啥好消息？你小子抢银行啦？”“不不，”老六连连摆手，“哥把兄弟想歪了。来，咱哥俩先干三杯，兄弟我真有好消息告诉哥。”话音刚落，老六的三杯酒下了肚。见我没有喝酒的意思，老六又一口气连干了我面前的三杯。

六杯酒下肚可就开口了："哥，我告诉你个好消息，我老舅死了。""屁话，你家死人了还是好消息啊？"我对他说的话有些反感。"哥，我老舅死了，在市里留下财产六百多万元，他就我娘一个亲人，我娘又就我一个儿子，你说这不是天上掉馅饼吗？"说着从身边的包里抓出两沓子钱甩在我面前说道："借哥哥的钱今个翻倍奉还，哥是我的恩人。"老六凭着酒力，双拳攥得嘎嘎响，右臂摆出加油的姿势说道："你兄弟我翻身了，我要有自己的房、自己的车、自己的女人……"说这些话时，仿佛老六的牙齿咬得很紧，他说的每个字都是从他牙缝里挤出来的似的。我傻在了那里……

三年后的一天，下班路上遇到老六媳妇小芊，当我问起她和老六过得好不好时，她一脸惊讶，说道："你真的不知道？老六得了六百万元财产就和我离婚了。他到市里买房买车，还搞了好几个女人，最后那个女人设套，让他输了家产还欠了上千万元的赌债，潜逃到泰国去了。"

我忽然想，老六不该咬牙。

张二嘎放牛

张二嘎突然出现在我们学校门口，我吃了一惊。

张二嘎把一沓子钱拍在我办公桌上，我吃了一大惊。

张二嘎拍完钱，那双几乎看不见白眼珠的小眼睛用力挤了三下，昂起头，后脑勺在脖子上蹭了两下说："校长，我跟你说的事能办不？我把牛全卖了，这些钱够不？"

事情是这样的，一个月前，我们几个文友到我们县离县城五十里外的、最偏僻三县交界处的牛岗村采风时，也许是职业的原因，岗坡上那一群牛和那几个放牛的孩子拽住了我的视线。当我走近，拿起相机说跟他们合影时，几个孩子笑得七倒八歪，我的脑海立即蹦出两个字——智障！我刚想问他们放牛一天可以挣多少钱时，这双看不见白眼珠的小眼睛就出现了。他用力挤几下，昂起后脑勺蹭几下脖子，谨慎地把我拉到一边说："你们这是干啥的？不会是电视台的吧？我这可不是用童工，我是在给他们找饭吃哩。"

当我说明我的职业是老师、来这采风是为了写文章时，他一下子放松了。挤了几下后，小眼睛就眯成了一条缝。当我问他这些孩子为啥不上学时，他没来得及挤眼睛，劈口说道——都是傻子。这句话像个小锤儿，重重地砸在我心上。

他还说："你还不知道哩，我们牛岗村是造傻子基地。"见我很吃惊的表情，他又挤了几下眼，蹭了几下脖子，神秘地说："想知道咋回事不？"

我用力点点头。他把我拽到一边，用手捂着嘴贴向我的耳朵："俺村的娘们乱配种，乱了辈分，能不出傻子吗？”这句话卷着一股牛粪味儿，令人作呕。

我转过头，瞪大眼睛看着他。他眯着眼睛指指牛群说：“别看我这么一大堆牛，可种牛就一个，不能乱了辈分。”他俩手一摊，“乱了就出傻子。”

他看我听得一头雾水，又用手捂着嘴贴向我的耳朵，还是那股牛粪味。“好多年前，俺村来了个省里的包村干部，每天早上、傍晚都蹲在俺村东头儿那口老井边，端着缸子刷牙，那年月农村还没人刷过牙，那一嘴的白泡泡可就搅乱了俺村好多娘们的心，第二年我们村就添了好几个省里干部模样的娃。后来又有县干部、乡干部来包村，我们村每年都添县干部、乡干部模样的娃娃。现在没了省、县、乡干部包村，每年都有村干部模样的娃娃出生。别看我们村偏僻、穷，女孩子出嫁还都不愿意出村。”他指了指那几个孩子，说：“看看这些年后，造出傻子了吧？他们的爹妈说不定就是亲兄妹呢。”

牛粪味太浓了，我一阵恶心，差点吐了。

见我这种表情，张二嘎挤挤眼，用力拍拍自己的胸脯，说：“我是纯种的，俺爹是个瘫子，俺娘没有眼睛，是俺奶奶从邻村买来的，只是俺们家里穷，我从八岁开始放牛，嘿嘿，现在二十八岁，我有二十多头牛了。”

“你上过学吗？”我问他。“没有，不过，小学课本上的每一课我都会念，电视上好多字我也会念。”张二嘎一脸的幸福。

“嘻嘻，你知道这些字我是怎么学来的吗？”他又一次捂着嘴贴近我的耳朵。“我每天把牛赶到山冈上后，就偷着趴在小学校的后窗户上听他们上课。星期天我给二昭和三明他们一些鸟蛋，他们就会领我读这些课文，嘻嘻，我都学会了。”

这次，我没有闻到牛粪味，因为我鼻子酸酸的，被一团东西堵上了。

当他得知我是一所小学的校长时，一下子就握住了我的手，像见了救星似的说："能不能把你们学校的老师派到俺们村几个？教这些傻子学文化，要不俺村就真的成了傻子基地了。"

我告诉他，这些孩子得进特教校。"那你就给我们几个老师，办个特教校呗?"小眼睛里冒着希望的光。我告诉他："这事我做不了主，不过我回去可以申请一下，这不是小事，办学得用不少钱呢。"

这不，这孩子当真了。

看着这没有白眼珠的小眼睛流露出来的渴望，我心中的波澜再也按捺不住，我在拨通县教育局的电话后，我想我必须跟县妇联主席、我的一个好姐妹长谈一次了。

阴 缘

凌云在“上吊不解绳，喝药不夺瓶”“宁添一座坟，不添一口人”吓人的计划生育标语漫天飞那年，手上抱着刚满周岁的二闺女，顾不上肚里怀着的儿子，趁着夜色，让丈夫志中开着自家的拖拉机，把她们娘几个黑灯瞎火、急速匆忙地拉到临县一个偏僻小山村的一个远门亲戚家。她要躲过这一劫，因为她找算命先生算了卦、找了老中医把了脉、更让她坚信的是，她托人在临县找了个有经验的 B 超师，塞给人家 55 元钱后，人家坚定地给了一个准信——称心了。

凌云不信能称心，追着人家问到底闺女还是小子。在医务室里，凌云追了医生三圈后，人家问她想要啥。凌云双手抱肚说：“当然想要小子啦，俺生了俩丫头片子，流掉的也没差样，俺就盼着这次是个带把的，将来立门户，老了有靠山。”

医生摊摊手、怂耸肩说道：“这不是称心了吗?”拍了拍还在犯傻的凌云说：“赶快找个地方躲起来吧，这‘风浪’大着呢。”

凌云一下子就想起了山里的这个亲戚。

凌云还得感谢一个人。二姑家小姑子的大姑子，县医院的外科医生。在她生下二闺女没来得及躲藏，村里计生委小组进了门。在凌云、凌云婆婆、凌云大姑子合着团儿，一哭二闹三上吊也不定事的情况下，只好答应让志中做结扎手术。

志中无奈上了计生小组组长派来的车。

凌云婆婆一声长吼，直挺挺躺在车头起，大骂：“天底下那些不得好死的，断了俺家的香火。谁家里没老的小的，谁要是断了俺的后，让他家老的送小的，让他家小的一辈子生不了带把的……”

凌云婆婆又哭又闹，为凌云的大姑子赢得了时间。抓起自行车，一溜烟儿奔了二姑家，她知道二姑的小姑子的大姑子是外科医生，还是个主刀的。

二姑一听娘家唯一的侄子志中要结扎，那不是要娘家们断后吗？二话不说，抓起铺盖卷下放着的，准备给儿子订婚用的两千元钱，风车般直奔小姑家，找小姑子的大姑子去了……

人家大姑子还真不错，不光看在那两千元钱的分上，还看了二姑的面子，给志中做了个假手术。二姑的小姑子的大姑子告诉她们，这可是要犯大错误的事，有好多人给五千元也不给他们做，谁让咱们是亲戚呢。所以，凌云特别感谢这个亲戚。

半年后凌云生下了儿子——陈鑫——称心。

儿子来到世上称了全家人的心。全家人自然就要称儿子的心。小称心在家是要星星不给月亮，每件事都是说一不二。小称心在家出个丑搞个怪，婆婆、凌云笑得仰天合地的。笑着笑着称心就成了一米八五的小伙子了。

初中没毕业称心就不上学了。爹妈问：“咋啦?”他说学校不好，不称心。奶奶姑姑问：“咋个不称心啦?”他回：“书本读不懂，老师翻白眼，女生不待见。”奶奶一听急了，那咱坚决不上了，平白无故遭他们白眼，姑娘还不待见，就俺家孙子，爹妈把家里置办的铜帮铁底的，本人一米八五的个头，还能找不上媳妇?

被奶奶带回家的称心，可是可着天长。虽然未成年，天天办着大人才能办的事儿，整天吃吃喝喝、打打跳跳、玩玩闹闹，任活不干，成了村里有名的混混。

这一混混了好几年，混到了谈婚论嫁的年龄，还混，一混混过了结婚的年龄，正好那几年计划生育管得紧，不少地方有黑店做性别鉴定，男女比例失调，称心成了村里的头号剩男。

称心哪经过那刺激，整天觉得日子过得不称心，一日三餐，顿顿有酒，整天在“酒”日子里沉醉不醒，终于有一天，喝醉了酒在家里云里雾里地触电升天了……

孙子没了，奶奶的魂魄跟着称心走了，整天疯疯癫癫见人就说：“俺大孙子二十八了，俺五间北房上下两层，铜帮铁底，娶你家闺女做媳妇吧？要不，娶你家孙女做媳妇吧？”吓得人们远远见她来了，赶紧躲避。

凌云见婆婆举止，悲恸欲绝，只好放风出去，说要给儿子配阴婚，条件是姑娘要一米六五以上，模样俊俏，价钱比别人的高两万元。

事还是挺巧的，信儿放出去三天，就达成了，条件完全相符，凌云拍出去十万元，第五天姑娘就“娶”进坟了。

凌云总算松了口气。自从儿子走后，这一晚是凌云睡得最好的一个晚上，睡醒凌云又犯愁了，儿子托梦说：“妈，儿子喜欢的是漂亮姑娘，你怎么给我娶了个难看老头啊?”

人常说梦是反的。可凌云做难了，到底梦是真的假的？为了弄清事实，凌云决定和丈夫志中冒险，夜深人静时，他们扒开儿子的坟墓，雪白的灯光下的一切，把凌云两口子击了个四脚朝天……

哑 铃

北斗星刚刚偏西，四宝顺和他媳妇就起床了。

因为他们今天要给孙子办满月，宝顺刚刚四十岁出头，就做了爷爷，这是在他们老四家从来没有过的事。他们要煮很多很多的红鸡蛋，还要杀猪、宰羊。

猪和羊是他们知道儿媳妇怀孕后买来养的，十个月了，猪和羊都肥实着呢。

他们要在天地供桌上上全猪、全羊，来感谢上苍，让他们老四家续了香火。这是宝顺媳妇在儿子刚刚结婚时，到村西头的送子观音庙里许下的愿。因为，四宝顺是他娘连续生了五个孩子都没成活后，三十八岁上才结的一颗落巴子瓜。如今计划生育不能多生，他们要儿媳生孙子，得要老四家有个传宗接代的。

刚刚生下宝顺时，宝顺娘那个亲呦；两周了脚丫子没沾过地；五岁了不会使筷子吃饭；都上小学了，课间里宝顺娘还跑到村小学里给宝顺喂奶。怕宝顺出村上学危险，宝顺娘愣是让宝顺在村里小学一直上到十五岁，十八岁就给他娶媳妇了。

宝顺刚煮上鸡蛋，自家的几个兄弟都按时过来杀猪、宰羊了。不敢怠慢，猪、羊上完供后，酒盘子、伙房里的饭菜都等着用肉哩。

日头三竿子高时，猪、羊杀好洗干净了。这时，院儿里的人可就满了，自家的叔叔婶子、大伯大娘，贺喜的亲戚朋友陆陆续续也到了。

大伙儿帮忙，摆上供桌，放上整猪整羊和贡品，点上蜡烛插上香，最后到的亲戚是孙子的姥姥，带来两大包孙子的小陪送，八双猫头鞋、八双虎头靴、一对虎虎生威的小老虎枕头、小被子、花衣裳……还带来一堆面食的猪和羊。

面食猪、面食羊摆了一大片，中间两个面食的猪倌、羊倌举着鞭子，咧着大红表纸涂染着红嘴唇在那儿冲大伙儿笑呢。

人群里有人喊，“你看，猪倌、羊倌的嘴巴咧到后脑勺了，大家看看像不像咱宝顺叔，你看宝顺叔的后脑勺也乐开花了。”满院子人的目光齐刷刷射向四宝顺。也许是天干，也许是四宝顺这几天张罗孙子的事没顾上喝水，使劲一乐嘴唇上裂开了一个小口子出了血，他上下一呱唧嘴，嘴唇变成和猪倌、羊倌一样红了。

这时人群又有人喊，“四婶子，别愣着了，放血儿吧！”哈……人群一阵哄笑。“四婶子脸蛋嫩得还能掐出水儿呢就做奶奶了，可得多放点血儿呀，大伙说是不是？”“是——”人群又一阵哄笑。

四婶子脸红了，是春天里盛开的桃花那种红。四婶从衣兜里掏出一卷早已准备好的钱，一双鞋里放一百元、一双靴里放二百元、两只老虎各五百元、猪倌羊倌各六百元，小被子、小褥子、小衣服都放了钱……

这时，宝顺媳妇和孙子的姥姥双双跪在供桌前，宝顺媳妇半闭着眼睛唱起来：“俺的孙子真有福，姥姥赶来一群猪；俺的孩子命真强，姥姥赶来一群羊；有猪又有羊，保佑俺孙子有福命又强。”宝顺媳妇唱一句，孙子姥姥跟着唱一句。

人群里又有人喊，他姥姥，敛钱去吧，看看多少？姥姥爬起来，把刚才宝顺媳妇放的钱抓巴抓巴攥在手里，两手指在嘴唇上沾了沾唾沫，一五一十地数了数，咧着嘴笑，双手捧着钱，又跪在供桌前，把钱举过头顶高叫，一万一！保佑俺外孙穿官衣、戴官帽，万里挑一状元郎。

几个小孩子也拍着手叫：“状元郎、状元郎。”满院子的人也跟着笑起来。

上完供，猪肉羊肉拿进伙房，不一会儿院子里就飘满了肉香。

这时，六奶奶拄着拐杖，走到宝顺跟前问：“顺子，这么热闹咋没见你娘哩？”

哦！宝顺这时才想起来这几天只顾置办孙子满月的事，好几天没到后院儿娘那里去了。宝顺往门头上望望，那个能通报娘消息的电铃好好地挂在那里，他心想，铃不响娘就是没事。

等他忙完了一切推开娘的屋门时傻眼了，娘趴在地上一动不动，一只手指向门口，另一只冰冷的手死死地攥着那铃。

宝顺疯子一样狂吼："好好的铃咋就不响了呢?!"

半碗鸡蛋汤

过秋坐在自己小院儿那棵核桃树下，摸着自己五升盆子似的肚子打着饱嗝。看看眼前这漂着葱花、溢着香油的半碗鸡蛋汤，“嘿嘿”笑了。这日子烧得，肚子就为这半碗鸡蛋汤发愁。心想，要是那年月，吃饱了饭自己也能加三大碗。

这时街门响了，跟声进来一个人——过秋的弟弟贵福。边叫大哥边用袖子抹拉着脸上汗渍。本来大虾似的身材，到这饭点儿，肚子瘪得贴上了后背。

看看眼前的贵富，看看桌上的半碗鸡蛋汤，过秋的脑海电影镜头似的，哗啦一下子回到了从前。

过秋命苦，四岁成了黄心小白菜，没了娘。在县城上班的爹，把他扔给乡下孤婆子奶奶。第二年就给他找了个后妈，第三年生了弟弟贵福，过起了他们咸淡适中的小日子，把破牛车似的日子甩给了奶奶和过秋。

苦日子过秋和奶奶都能熬。可过秋十五岁那年，奶奶突然生病，过秋给爹写了好几封信要钱，爹总是说钱不宽绰，让他在村子里想想法子。幸亏过秋的姥姥家是本村的，几个舅舅可怜没娘的孩子，从他们捉襟见肘的日子里挤出一点接济他们，奶奶的病才有所好转，保住了性命。

奶奶的药是不能断的，过秋不忍心再到舅舅家借钱，就背着奶奶冒不声地进城找他爹要钱去。

过秋起五更，一路连跌带跑赶到父亲家时赶了个午饭尾。爹吃饱饭坐那儿抽烟，后娘正端着半碗鸡蛋汤给弟弟喂饭，贵福撒着娇说吃不下了。过秋瞪一眼贵福心里骂：装蒜，半碗饭喝不了，哼！我就是吃饱了也能加三大碗。

等过秋使劲咽几口唾沫，向爹说明来意时，过秋看见爹的眉头锁得更紧了。后娘突然在弟弟贵福的屁股上拍一巴掌，端起漂着葱花、溢着香油的半碗鸡蛋汤，唰，泼到地上。这可是过秋在乡下过年也不一定能吃上的上等饭呀。望着地上那黄黄的蛋花、绿绿的葱末，过秋满眼泪雾，他明白了一切，疯牛般冲出爹的家门。

弟弟贵福气喘吁吁地在城郊外追上他，塞给他一张油酥千层饼，说是爸爸的意思。过秋疯狗似的吼起来："他是你爸！"把饼重重地摔到地上，双脚狠命地踏上去踩了个稀巴烂。拔腿一口气跑到娘的坟上，泪水把星星泡醉了才回家。

从此，十五岁的过秋，每天天不亮就爬起来，到村南小树林儿里捅老知了皮、爬到自家后院的槐树上捋树叶、打槐子卖钱给奶奶看病。前院儿的喜缸爷爷心疼过秋，给他两对家兔养，家兔滋生快，不到一年时间，过秋卖小兔崽的钱就够养家了。

过秋扩大规模，建了一家小型家兔养殖场。娶了媳妇又翻盖了房子，还给奶奶送了终。接着供一双儿女上了过秋做梦都想看看的大学。如今儿女们在城里找到了工作，但是，过秋给他的儿女定下了一条不成形的规矩："每个月有事没事必须回村一趟，进村必须下车给众乡亲打招呼。"儿子不解，过秋说："省得像你爷，亲娘过世，不能行孝，被众乡亲挡在村口……"

过秋安顿好贵福坐下，好不容易才从他抽泣中听明白，在他和父亲断交这几年里，贵福在父亲工伤去世后接了爸爸的班，可现在工厂倒闭他下岗，儿子今年刚刚考上大学，母亲却重病住院。

看看弟弟手中湿醉的毛巾，看看眼前的半碗鸡蛋汤，过秋猛地站起来，高声对老婆讲："重新给咱兄弟烙油酥饼，做鸡蛋汤。"说罢，转身进屋拿出一张银联卡，连同密码一起交到弟弟手中。

柏木棺材

下半夜，宝珠看着婆婆微微张开干瘪的嘴，出气多，吸气少。便转身走出屋门，爬上房顶，冲后院儿那间亮着灯的屋子只叫了一声——四婶。那屋门“吱呦”一声就开了。

宝珠和家人齐刷刷跪了一地。四婶划拉着宝珠婆婆没闭上的眼皮嘴里念叨着：“老嫂子闭上眼睛走吧，有啥不放心的？这些年宝珠替你担得还少呀？”

“娘，奶奶……”这时，恸哭声震破了窗户纸。

四叔拽起老二、老三，搬来长凳，掀掉门板，拿来南屋早已准备好的干草，打起了草铺儿。

转身儿宝珠抱来了两机子纯白棉布，“扑通”一声撂在堂屋的炕上，回头对四婶说，满——把——撒——孝。

宝珠话音不大，却把老二震得“扑通”一声跪在宝珠脚下大声哭叫着：“大嫂，使不得……使不得……”

“宝珠你……”四婶叫着宝珠，用手拽拽她的衣襟。宝珠用手按住四婶的手说：“四婶，就依俺的吧。”

“大嫂。”老三扑通一声也跪下了，说：“不能啊？大嫂……老五还没成家，大旺、二旺也都搭我肩膀了，以后的日子咱还得过呀！”老三有点儿泣不成声了。

宝珠把脸别向一边，不敢看这些。宝珠想起了当年。

宝珠爹是个要钱鬼，赢了钱吃喝嫖赌抽五毒俱全，输了钱卖庄户卖地。再输，没了指向，就把唯一的女儿宝珠抵给人家做儿媳。

有人说，宝珠的公公早看上善良、本分的宝珠，在赌场上下了血本、使了套子。要不然他家的境况是绝对娶不来宝珠的。

宝珠被抵过来时才十九岁，丈夫茂田只有十三岁，宝珠过门儿半年婆婆添了五弟。

在老五百天那晚，宝珠公公要钱再也没回来。有人说，是还不起赌债被撕票了；有人说，是赢了钱，再也不想回那个捉襟见肘的窝，奔好日子去了。

晚上，婆婆屋里乱了锣鼓。老四哭、老五闹、老二老三为一床被子打得不可开交。

婆婆用干瘪的奶头塞住老五的嘴，高一声低一声骂，一会儿骂这群不让省心的王八犊子；一会儿又骂那个该死的耍钱鬼坏了良心，骂着骂着泪水湿透了衣襟。

西厢房的宝珠听得泪水涟涟，起身，擦吧擦吧满脸泪珠，推开婆婆房门，拽起老三，扯了老四转身回屋，一个塞进茂田被窝，一个搂进自己怀里，小院这会儿才算消停了。

宝珠和婆婆，冬备棉、夏备单，拉扯着这一堆和尚。

第三年宝珠身腰硬了，前院的魁爷爷一连来她家三趟后，抬来一副四指厚的松木棺材板。

这时宝珠才知道，松木棺材板是婆婆和魁爷爷所谈条件的信物。条件是：要宝珠和茂田过继给他。魁爷爷无儿无女，魁奶奶前年离开了人世。一是魁爷爷感到身子骨不如以前，身边需要个人；二是魁爷爷看他们家的日子不好过，也想接济他们。

宝珠和茂田没带一件家什进了魁爷爷的门。

宝珠和茂田来到魁爷爷家，第一次进库房，惊得俩眼像铜铃。库房里有两五斗翁麦子、一布袋高粱、一布袋谷子、两布袋棒子。在他们家吃了上顿没下顿，菜团子掺些糠常有的事儿。进了魁爷爷家他们算是掉进福窖。

宝珠蒸好一锅热腾腾的馍馍，茂田一把抓了五个进了屋，乐得魁爷爷捋着山羊胡子说：“吃吧，吃吧，半大小子，吃死老子，能吃就能干。”

宝珠陪魁爷爷吃饭，刚吃一个馒头就吃不下了，想起婆婆骂得那群“王八犊子”。晚上，魁爷爷睡下后，宝珠包了几个，悄悄带上门，直奔婆婆屋。只见几个“王八犊子”拿着白面馍馍啃得正欢实呢。原来，茂田抓的五个馒头到屋里根本没舍得吃，趁宝珠刷锅的工夫，悄悄送了过来。

从此，宝珠再蒸馍馍时，就蒸几个净面的，几个掺面的。端到魁爷爷上屋的是净面的，宝珠和茂田在厦子里吃的是掺面的。

等宝珠的二儿子二旺刚满三周岁，魁爷爷坐在院子的圈椅上，晒着晒着太阳就被魁奶奶叫走了。

刚刚办完魁爷爷的丧事，婆婆擦眼抹泪地跟宝珠说：“你看看咱家那点家底，老二、老三是说不上媳妇的。大旺、二旺还小，咱两家和一家过吧。”

宝珠“嘿嘿”一笑说：“娘，咱本来就是一家，兄弟们娶不上媳妇我心里也不得劲儿，你不说我和茂田也没把兄弟们当外人的。”婆婆乐得只掉泪。

等给老二、老三、老四成完家，魁爷爷给宝珠留的家底儿就见天了。

有一天茂田掏井，由于井里缺氧，再也没有上来。宝珠知道磕了家底也拿不出茂田的棺材钱，就和婆婆商量，先用了魁爷爷给婆婆那副松木棺材。老二、老三急眼了，说：“大哥用这四指厚的棺材板子，等咱娘百年了用啥棺材呀?”

宝珠想起茂田这些年为这风烛残年似的家付出的一切，临了连个裹身的棺材板都买不起，头一次破天荒地大怒，冲老二老三高叫着：“咱娘百年了用柏木棺材!”

谁知刚刚两年，婆婆就……

老二、老三长跪不起：“大嫂柏木棺材使不得，那得满把撒孝，吃碗儿饭。满把撒孝光孝布三担高粱换不来，碗儿饭一头猪的肉也不够啊！咱今后的日子咋过呀?”

宝珠挺挺胸脯说道：“就这么着了。别看你们大嫂是个娘们儿，吐口唾沫地上也能砸个坑。”

河东河西

刚刚恢复高考的第三年，和我光屁股一起玩儿大的二蛋儿，第一年高考落榜后，在冒着黑烟的煤油灯下又苦练了三百六十五个不眠夜，把两个冲天鼻孔熏得像他爹那黝黑的烟袋嘴子，还是收了无花果。后又经过一年的复读，终于考上了一家外省的大专学院。

这下可喜坏了和我爹光屁股一起玩儿大的二蛋儿的爹——翁子叔。

那几天，翁子叔有事没事总爱到街上，倒背着手，叼着烟袋嘴子来回转悠，遇见人便说："俺儿子考上大专啦，俺翁子就是大专的——爹。"说这话时，笑得那满嘴被烟熏得黝黑的牙齿差点儿掉在地上。

在村里教书的爹听见后，甩着脸子给我看。

我心知肚明，爹是本村有名望的老师，他的儿子别说大专连个半截子砖——中专也没考上，确实也太丢老子的脸了。在那段黑云吞日的日子里，我从不敢乘着月光出门，我是规规矩矩做事，老老实实做人。直到村里小学缺老师，我被招聘为民办教师后，爹的脸色稍微有些放晴，但我不敢松一口气。

三年后，二蛋儿领回城里一漂亮姑娘。翁子叔风风光光给二蛋儿办了喜事。

同年，我把本村的一名村姑简简单单地娶回了家。结婚当晚，刚刚干茬缝垒起的院墙似乎明白已完成使命，"轰"一声踏踏实实和地面来了个零距离的接触，吓得村姑顾不得害羞，一头钻进我的被窝……

七年后，二蛋儿沉迷赌博，利用职务之便挪用公款，情节严重，被判处有期徒刑十年，二蛋儿妻一甩手弃之而去，膝下无一男半女。

七年中，我闭门修炼，民办教师转正后，又淘来一张成人大专文凭；村姑收获了我们一双儿女。

等二蛋儿再次回家时已是十年后。翁子叔不仅掉光了满嘴的黝黑的牙齿，还掉光了所有的头发。翁子叔已是肺癌晚期。

二蛋儿是靠翁子叔的接济才买下回家的车票。

当二蛋儿扑进家门，跪在翁子叔床前，刚长长地叫了一声："爹"，翁子叔就滴下最后一滴眼泪驾鹤西去了。

当我和爹架着松软无力的二蛋儿给翁子叔圆坟回来，村姑火急火燎地跑来，手中拿着一个大牛皮袋，我打开一看，一声惊喜：我的大学本科学历证书。

二蛋儿张了张泪雾中的小眼儿，面如土色。

村姑傻喜，高声尖叫："爹，你就是大本的爹了。"

二蛋儿的身子坠落下去，重重地一屁股墩在地上。

德德娘

德德娘十八岁嫁到东庄，同时还嫁过去一爱好——看孝子哭灵。

村里哪家有过白事儿的，她就跑去观看，几十年一次也没落下过；整个东庄百十户人家，谁家的小子、媳妇、闺女、女婿哭得是惊天动地还是骡马放屁，德德娘心里明镜似的。

那一年，德德娘刚过门儿不到一个月，村里后街有一家过白事儿，起灵的炮仗一响，德德娘拔腿边往外跑边说："俺去看孝子哭灵。"德德奶奶拧着三寸金莲儿在后头追："回来，你过门儿还没过百天，新人是不能见新坟的……"等德德奶奶拧着小脚撵出家门，早不见儿媳的身影。憋了一肚子气的德德奶奶，看见一动不动在那里吃饭的德德爹开口就骂："草包货，也不管管，过门几天呀就疯跑，现在不立个规矩儿，日后咋还管得住?"

被老娘骂得无地自容的德德爹，脸憋得像猪肝，心里默默地准备了一箩筐的话儿，打算回来后教训教训这没规矩的娘们儿，好在娘面前长长自己的威风。

可当他看到德德娘，揉着一双哭得烂杏似的泪眼回来时，蜜月中的德德爹心疼坏了，又是递毛巾又是打洗脸水，早把那箩筐的话连同那盆脏水倒进了粪坑。

德德奶奶拧着小脚在院子里来回地走，脚下的板凳发出噼里啪啦的碰撞声，还不时地用眼角一会儿剜德德爹一眼，一会更狠地再剜一眼。德德爹的眼帘垂下没再敢睁起来。抓起德德娘的胳膊，把媳妇拉进自己屋。

等再次村里过白事儿，是德德半岁，起灵的炮仗一响，德德娘放下手中的碗筷儿，把怀中正吃奶的德德一把甩给德德爹，一溜烟儿顺着炮仗声奔去，德德爹抱着哭闹的德德在后面追了几步，欲喊却早不见人影了。

德德奶奶吃饭的筷子和碗，“啪”的一声来了个亲密接触，把趴在父亲怀里的德德吓得哭声更大了。德德奶奶拧着小脚直奔自己的小屋，哗啦一声插上门栓，在自己屋里高一声、低一声地喘粗气。

德德爹这时又想起那一箩筐话儿，德德爹这次下定了决心，非要教训教训这个娘们儿，得给她立个规矩儿，不然在娘老子跟前没法挺直腰杆儿。德德爹在院子里一边哄着德德，一边摩拳擦掌，他又想起了上次娘骂他的话儿，热血直往脸上涌，他感到周身一阵阵地燥热。德德爹像笼中的老虎，在小院里急得上蹿下跳，在等德德娘回来给她一个说法儿。

德德娘回来了，这次的烂杏比上次烂得还要狠，还噙着一汪清水。没等德德爹开口，德德娘一把夺过德德，一屁股蹲在板凳上，一边给德德吃奶一边抽泣着说：“阎王老子太不公平了，仨孩子才多大呀，就让他们失去亲娘老子”，说着又抹起泪来。小妮儿才五岁，一定记不起她娘的模样，说着竟呜呜地哭出了声，更别说日后梦里见到了……德德娘越说越恸越哭越响，仿佛那死去的人是她亲娘老子。

德德爹站在院子里木偶一样，德德娘的话让他也开始可怜那仨孩子。眼眶潮潮的，一箩筐的话扣了个底朝天，一句也没说出来。德德奶奶的喘气声也小了许多。

从此，德德娘看孝子哭灵，德德的奶奶和爹就再也没管过。德德娘爱看孝子哭灵，在村子里算是出了名，村里人都知道她好这一口儿。

德德娘看孝子哭灵从来不在后头，孝子走那儿她就跟那儿，孝子在前边“爹呀娘”地拉着长调哭吼着，德德娘就围在左右吭哧吭哧地哭着，乡亲们不再看孝子了，都转向看她。德德娘不管那些，痴痴迷迷地同孝子保持一种状态，进入了角色不能自拔……

家家如此、件件如此。德德娘的话几十年来，俺看孝子哭灵流的泪不少于八大碗了。

如今八十八岁的德德娘气若游丝地躺在炕上，儿女们警觉地守在炕边儿。

西厢房里一堆大白菜、两包红薯粉条，旁边放着两匹白孝布，也像准备出征的士兵整装待发。一切都准备妥当了，孩子们和自家的管事儿的叔叔伯伯、婶子大娘们一大屋子人都在等时间，等德德娘闭眼归天的那一刻。

德德娘张张嘴欲言无力，儿女们伸着耳朵也没听清。

德德娘冥冥之中仿佛看到了出殡的队伍，高高的白幡下，儿子鼻子哈拉拉的，哭得那叫个痛，在全村的孝子中是独树一帜；再看看后头的闺女披麻戴孝，哭声惊天动地，左一声亲娘老子，右一声叫不醒的亲娘，哭得那标准儿也是数一数二，德德娘嘴角儿露出了旁人不易察觉的笑容，德德娘满意了，自己的儿女们哭得够味儿，不比别人家的孩子们差，德德娘安心了。

突然德德娘的眼睛亮了起来，孩子们知道那是回光返照。

德德娘大口大口地喘着气儿，她已经看见孩子们在哭了，她高兴呀，人如果能大声哭自己的亲娘老子那也是福呀！自己寻了一辈子、品了一辈子，无数次地假想如果死者是自己的娘亲那该多好呀，自己也尝尝哭亲人的味道儿。难怪人家孝子哭得痛，她哭得更痛。她断断续续地嘱咐她的儿女们："我死后你们要大……孩子们呀！你们……哪里知道呀！娘生下来五……五天你们的姥姥就走……走了，姥爷受不……住打击，一病不起，半年后……娘不知哭娘亲老子的滋味儿，寻……了一生，品……了一辈子……"

傻娘们儿

结婚第二天，就有人叫她傻娘们儿。

原因是，新婚第二天一大早，她就做好全家人的早饭。羞得由于劳累睡过头的婆婆那张老脸紫茄子似的。

哪家的媳妇这样啊？别说新婚第二天，就是头遭子假回来，也没人往灶火坑里钻呀！

傻娘们儿可不管这些，烧火、做饭、担水、扫院子，她啥都干，和在她自己家一样，没个新媳妇架儿。

也难怪，在家里做惯了这些。

她爹是个残疾人，小三十岁了才找到从小就是药罐子的娘。在她六岁那年，家里穷得实在是拿不起药，她是攥着拳头，瞪着眼，看着娘痛苦地离开人世的。

那一年，她在爹的指导下，学会了烧火、做饭、扫院子……

家里穷，她不能上学。就给隔壁的五婶背孩子。换得五婶帮她们家缝补浆洗。等五婶家最小的孩子上学了，她也把缝补浆洗学会了。小小脊梁撑起了这个支离破碎的家……

回门回来，她拽着丈夫，盘腿坐在婆婆炕头上，叫一声爹，喊一声娘，“啪”一声，甩出一大把钱，说：“这是俺爹的养老钱，你们把俺结婚的拜钱、分子钱拿出来，咱们凑一块儿，买个三马子，俺和筐子粜卖粮食，俺五婶家的大儿子干得好着呢。”

筐子是她丈夫的名字，公公婆婆唯一的儿子。

新上任的公公婆婆被她的架势震住了。公公顺从地打开铺柜，婆婆从里头抓出个小布卷，剥了一层又一层，露出一沓钞票。

公公嘴里叼着旱烟袋，在屋里转仨圈儿，烟锅子磕磕鞋底子，喊筐子，揭开里间屋的翁盖，拿来升子、布袋，哗啦啦撮半布袋麦子后，一个塑料布卷儿滚了出来。公公抓起拍拍尘土，解开一道道绳子，又剥出一沓钞票。

傻娘们儿胸脯一挺从炕上蹿下来，抓吧抓吧炕上的、公公手里的、婆婆手里的钱，大嘴一咧“嘿嘿”一乐，说道：“俺都想三年了，今儿成了，嘿嘿……”又一阵傻笑。

就这样，傻娘们儿买了三马子，粜了娘家、婆家的存粮做本钱，干上籴卖粮食的营生。

五年，傻娘们儿盖的五间大瓦房，庙门前的旗杆似的戳在那。她家的日子，就像临近八月十五树上的枣子，一天比一天红火。

日子虽然好过了，可傻娘们儿还是像从前一样省俭，一年到头，除了年节很少吃肉。天天吭哧吭哧扛布袋，卖力气的筐子吃不消了。这天，籴粮食回到家，趁傻娘们儿做饭的空儿，筐子到村小卖部买了一斤熏猪脸儿。

筐子美滋滋地进门时，跟傻娘们儿撞个满怀。一见筐子手里的肉，傻娘们儿一蹦三尺，指着筐子的鼻子破口大骂：“今个儿是年还是节？你个吃嘴鬼买肉吃。怕你馋，前天烙俩小油饼都便宜你了，你还敢买肉吃？”说着就去抢筐子手里的肉。

“啪!”筐子也急了，一把把肉拍在饭桌上，大叫起来：“买肉怎么啦？光有干的份儿，没有吃的份儿？”

傻娘们儿也不示弱，“哐”的一声把脚下的板凳踢到一边，踮着脚尖、扯着嗓子叫：“白面馍馍哪顿不让你吃饱了？哪一顿饿着你了？”

“那是草，没料，浑身没劲儿，干活不痛快。”筐子的眼瞪得像灯泡。

“你天生败家。”傻娘们儿叫唤着，抓起桌上的肉就要往远处投。筐子像只护着嘴边儿肉骨头的狗，疯了一般扑向傻娘们儿。俩人在院子里扭打成一团。

这一幕，被路过家门口的四奶奶看到了，忙过去拽傻娘们儿。筐子拿出扛布袋的猛劲儿，想把傻娘们儿撂在地上，他不知道四奶奶来了，就把傻娘们儿和四奶奶一起撂地上了。

四奶奶“哎哟”一声，傻娘们儿和筐子都愣住了。咦？地上啥时候多了个四奶奶？再看四奶奶的手掌与胳膊成九十度，四奶奶的胳膊折了。

俩人慌了手脚。开上三马子，带上四奶奶就奔了医院。

拍片、照相、住院、做手术，三天的买卖耽误不说，一结账，八百多元。

傻娘们儿那个气呀！俩月脸上没晴天，嘴上长挂一句话：“一斤臭肉八百多元，你个吃嘴鬼、败家子。”

筐子像个孽狗似的，夹着尾巴，听从傻娘们儿的指挥。

等傻娘们儿和筐子撂下这件事时，筐子的生日到了。头好几天傻娘们儿就给筐子打气说：“你过生日俺给你摊鸡蛋饼，让你解大馋。”傻娘们儿挂一脸幸福。

傻娘们儿一脸灿烂把鸡蛋饼端上桌时，筐子正掏出怀里的一小瓶酒头在那品呢。傻娘们儿立马怒目圆睁：“筐子，能耐了是不？喝上小酒了？”说着，手里的筷子，“啪”地摔在地上。

“腾”地一下筐子蹿了起来，指着傻娘们儿的鼻子说：“叫唤啥？不就是五元钱一瓶的酒头吗？”

“五元钱咋地啦？大风刮来的？”傻娘们儿叉着腰，踮着脚尖儿说：“筐子，你今天敢再喝一口我立马喝药死给你看。”

“傻娘们儿。”筐子第一次叫她媳妇外号，“院子里有农药，你喜欢就喝，今天的酒我是喝定了。”说着，举起酒瓶喝了一大口。

傻娘们儿一个箭步就冲了出去，等筐子赶到时，几口农药已下了肚。筐子抱起傻娘们儿放到三马子上，一溜狼烟奔了医院。

灌肠、洗胃好一顿折腾后，医生说多亏来得及时，不然，就那量足够要她的命。

这次的折腾又花去了一千多元。

这一千多元不白花，从此，筐子就像傻娘们儿饲养的小鸡一样听话。家里的大小事都是傻娘们儿说了算。

这天四奶奶给筐子捎信，说筐子娘让他过去一下。一大早筐子就去了，太阳都爬树梢了还不回。

傻娘们儿沉不住气了，火急火燎地蹿出门去找筐子。一出门就看见筐子像磨道的驴一样，在门前低着头、背着手，走过来，走过去。

“筐子，你这是干啥呢？早饭没吃呀？”傻娘们儿的话把筐子吓了一跳，立刻停住脚步。

“我……我……”筐子吭哧半天说不出话。

“我啥呀？说吧，娘叫你干啥了？”

“娘……她……”这时傻娘们儿才看见筐子早已泪流满面。

“娘咋了？你倒是说呀？”傻娘们儿用力摇着筐子。

“娘得病了，怕是不好的病。”筐子有点泣不成声。

“那还不赶紧给娘看，你还在这儿晃荡啥哩？”

“得好多钱……”筐子偷看傻娘们儿的表情。

傻娘们儿转身回了家。筐子的心提到了嗓子眼儿，木讷地跟在后头。

傻娘们儿边解裤腰带上的钥匙边说：“娘病了，还不回来取钱看病，你在门口晃荡啥？”

“我……我不是怕你……不给……”筐子结结巴巴。

“唉！怕啥！”傻娘们儿眼圈热了。“没钱治病，眼睁睁看着亲人离去，那才是怕哩！”

“玉莲……”筐子抱住了傻娘们儿。

原来傻娘们儿还有这么好听的名字。

然

大学四年，同桌然是唯一用平行眼光看我的人。

因为入学时那一身土得掉渣的行头，我的形象就定格在底层。

可手机、口香糖、紧身衣得用俺家好几袋玉米换，俺舍不得，那是俺弟弟的高中学费。

也许是因为平行的眼光的缘故，大三的时候，我和然走到了一起。

然是一个内向、腼腆，身上找不出一点儿棱角儿，用一句流行的话说，是没有个性的男孩儿。

然学习很卖力却不会讨女孩儿喜欢。我和然的接触就三点儿，教室、餐厅、图书馆，除外找不到他。

我们在一起快半年了，然半点儿不会浪漫，别说送我花呀草的，代表甜蜜蜜的巧克力都没送我一块儿，哪怕口香糖也行。非得我说出来呀？傻帽。

没有得到浪漫，心里反倒更想和然在一起。底层的我更喜欢游离在知识海洋的鱼，然已慢慢游入深海。

正当我尾随在其左右寸步难离时，然突然人间蒸发，像经过树梢的风一样，不留一点儿去的方向，消失得无影无踪。十天、半月、二十天过去了，茫然、失落，三点之外我别无去处可寻。

我有些疯狂地在犄角旮旯里，踏碎了然的脚印，嗅遍了每个然的身体可及之处。最终，然枕套里信封上，几行跳跃的精灵指给了我方向。

由火车转乘汽车，八个多小时的车程，又两个小时尘土飞扬的徒步跋涉，筋疲力尽的我，终于出现在然的面前。然吃惊地瞪大了眼睛，我吃惊地晃晃悠悠靠在他家的屋门框上，惊飞了在门头上居住的燕子一家老小。

我努力定神后才看清，床上躺着一人。不，那不叫床，是砖垛上放几块木板，上面铺着已分不清啥颜色、到处都是咧着小嘴向我微笑的被褥。被褥里裹一咧着大嘴在笑的人，大大的嘴巴里，看不见牙齿，只有黑黄的几个牙根儿在那坚守着岗位。

旁边有一大衣柜，水银镜不知碎了多少块儿，把蹲在地上、双手抱膝、嘴里叼一旱烟袋、比公园里正在奶小猴的母猴还要瘦的老汉，照得七零八碎。

不敢想象，此地是然生命的发源地，这儿有给然生命的两个人。

然让我进来时坐，我环视一周，除屋子中间一个能晃出一乍远的凳子外，我再也找不出可坐的地儿。

我掉头退出门外，然追出来想解释。

屋内大叫，"不走然——不走然——"

然掉头回去，我也追了进去。

"娘，俺不走。"说完然上前揭开棉被，看到然母亲腹部的绷带上有隐隐鲜血，我才意识到，问题一定严重。

然一边儿安慰母亲的情绪，一边轻轻揭开纱布，擦拭着伤口。"咱不能再动了，听到了吗？再动伤口就长不住了，还得去医院。"说这话时，然温柔的像个母亲。

等然特别强调不走，只是到院儿里和我说话，他母亲才闭上警觉的眼睛。

快到中秋了，他们家院子里枣树上的枣成嘟噜成串儿，不用上树，然一伸手摘了两颗最大的、红了一大半儿的枣儿给我。"嘘——"然向屋里望望，"小声点儿，枣子谁都不能吃的，娘让爹晒干，卖掉给俺作学费，爹都不许吃一个。"

望着那鲜活的果实，嗓子一阵发堵，我用力蠕动两下，不能发出半点声音。

等我把手中的那两个枣子快要攥出水来时，我也就知道然的一切。

然的母亲是一个低能人，十八岁那年嫁给了大她二十岁、体弱多病的然的爹，然出生后一直由奶奶带。上六年级的时候，奶奶突发脑出血扔下了然，十二岁，他就撑起了这个家。

然这次突然回家，是他儿时的玩伴写信告诉他，他娘的身体不好，让他回来做下检查。

诊断书上几行字，打蒙了然——直肠癌晚期。

家徒四壁，自己上学早已外债累累的然，拿着三年内还钱的保证书，跪着走进亲戚朋友家门，才总算筹齐了娘的药费……

然，突然变得模糊了，在我的泪眼中饱涨了。

汩汩的泪水印湿了然的肩头。

那一晚，我没有走出那间简陋的小屋，我想然现在需要的不仅仅是一份爱情，还有更多……

年前年后

数九寒冬，天空像一个冻实的大冰坨，压得人喘不过气来。

喘不过气的麦收天刚一擦黑儿就蜷缩在被窝里，一声高似一声地咳嗽着，他努力克制着，仿佛稍不经心，五脏六腑就会被那涌出的气流卷出。

老伴儿正在炕边儿包饺子，停住手中的擀面杖，两手在空中拍拍，右手撩起扎在身上的围裙又擦了擦洇在额头上那细细的汗珠，倒一杯热水，心疼地递给麦收。

麦收压几口热水，才算止住了咳。

老伴儿转过身，用筷子在菜盆里划拉几下，低下头，咯噔咯噔……继续擀皮包饺子。这是个大年夜，明早就是新年了。

止住咳嗽，麦收安静多了。他伸出那双指甲缝、皱纹里还存有没洗净的污垢的手，摆弄着枕边那堆皱巴巴的钱。

“明早孩子们来了，压岁钱长成三十吧？”麦收边说边一张一张扑拉着那堆皱巴巴的钱，像抚摸一件宝贝那样精心。

“嗯，得给三十了。”老伴儿停住擀面杖，用力点点头。“去年给了二十，没见老二家的脸呀？阴得快能滴下水了。”

唉……麦收摇摇头把手里的钱再扑拉一遍。低声问老伴儿：“那，初二外甥来了还给二十吧？”说着，麦收又一阵的咳嗽。

“一样吧。”等麦收咳嗽轻一点儿，老伴儿说道：“小孩子家嘴不严，透了风儿，闺女在女婿手里直不起腰。”

“在城里，几十万元钱的楼住着，还在乎这几个小钱儿？”麦收说的声音很小，但还是咳嗽了起来。

“你忘啦？”等麦收咳嗽停下来，老伴儿说道：“前年女婿买楼向咱们借钱，你东凑西凑，卖了那两只即将产仔的母羊，凑了五千元，你没看见女婿接钱时那脸拉得多长，好像是咱借他的钱。”

咳咳咳……麦收又是一阵猛咳，老伴儿顾不得擦手，拿起床头的手帕递给麦收，手帕即刻洇出了淡淡梅花红……

“过了年，咱们还是上医院给你查查吧，老咳怕是不好。”老伴儿没敢看那朵梅花红，接手帕的手在抖。

麦收停住咳后，摆摆手。“要检查得给你检查，我是老咳嗽了，年后就好了，不会有大碍，你吃馒头已经咽不下了。”

“不是泡在汤里还能吃得下吗？谁还没有窝火不想吃的几天？过了年就好了。”老伴儿又给了麦收一杯热气腾腾的水。

安静了的麦收，又开始扑拉钱，像是说给老伴儿，又像自言自语：“一个孩子三十，四个得一百二十元。”麦收一张一张把一百二十元数出来放到一边，继续数着余下的钱。还有六十四元，麦收用拇指在嘴上划拉一下，又数一次，生怕弄错了。

“等破了五，咱把西厢房内的纸片、酒瓶、易拉罐卖了，怎么也能凑够一百元。”麦收眼睛突然亮了起来，心里充满了希望。

“兰花。”麦收突然叫了老伴儿的名字，老伴儿擀皮的手，瞬间定格在那里，脸上泛起了淡淡的红晕。

自大孩子大了以后，好多年麦收没叫过老伴儿的名字了，麦收突然一叫，兰花羞涩得像个新娘。

“兰花，你跟了俺，受屈了。”麦收的眼里，有晶莹的东西在滚动，嗓子堆满了桑麻。

“早些年，为了我那俩药罐子老人，十年，过年你身上从没添过一个布丝。”热热的小虫子爬满了麦收的脸颊。“后来又供三个孩子上学，虽然只有闺女考上大学进了城里，俩小子在家盖房娶媳妇，一折腾又是十几年，吃的喝的更轮不上你了。”

麦收努力挣扎着坐了起来，右手扑拉一下胸脯。伸手抓起筷子，在菜盆里划拉几下。哽咽着：“到如今也没能让你吃上一顿肉丸儿的饺子。”

兰花撩起围裙，擦把脸。兰花最近老出虚汗，可这次她擦去的不仅仅是虚汗。

兰花强装笑脸：“你这个老东西，大过年的，说啥呢？明早俩媳妇不就端来肉丸饺子了吗？你还解不了馋呀？初二女婿、外甥来了，咱不是还腌着二斤肉馅儿吗？”

麦收一阵无语。

兰花饺子包好了，边收拾边高兴地说：“如今的紧日子是好事。”

“啥好事？”麦收眉头紧锁。

“孙子、孙女上大学，是喜事吧？”兰花精神了许多。

嗯，麦收点头。

“闺女在城里买楼，不喜呀？”兰花双眼放光，仿佛自己住的就是那楼房。

“喜。”麦收笑得很勉强。

“小儿子今年又是庄上第一个盖起小二层洋楼的，你老东西脸上无光呀？”兰花脸上绽放出一朵花。

“有光，有光。”麦收面无表情。唉！麦收长长舒口气，那是他们的光。麦收双眼瞪着房顶的椽子、檩条，看看这五十年前，他娶兰花时的老房子。

“你跟我五十年，没挪过窝，我有愧呀！”麦收喉头像塞满了棉花，“到了明天咱就七十三了，明年是个坎儿呀。常言道，七十三、八十四阎王不请自己去。”麦收说得有气无力。

哎！亏你老头子提醒，兰花来了精神。走到炕头那儿，伸手从被卷下面摸出一团红布，脸上再次充满希望：“看，红腰带，带上它能消灾。”

“你还信那事儿？又花钱破费。”

“不贵，两条腰带给人家两元钱，人家还找回我两毛，说是图个吉利，九毛，说是让咱们活到九十九岁，哈……”兰花说着，把红腰带搭在麦收和自己的被窝上，明早他们要系上。

兰花躺在被窝里，一脸的幸福，仿佛他们已经活到了九十九岁。

噼噼啪啪……一阵鞭炮声，新的一年来了。麦收和兰花赶紧起床，他们知道一会孩子们要来拜年了。

兰花前脚打开屋门，九岁的小孙子阔阔就飞快地闯了进来：“爷爷奶奶给我压岁钱。”

麦收哆嗦着从枕头底下数出三十元，双手递给阔阔，他仿佛拿的是一件瓷器，一撒手就会打破一样，小心翼翼。

阔阔接过钱，见没有一个红版，不高兴了：“就这些呀，你们不知道我今年九岁，逢九有灾吗?”说着，从口袋里掏出一把红版人民币：“我爸爸给我九百九十九，说是让我活得久久久……”

麦收一个趔趄蹲坐在炕边上，眼前一片漆黑……

又是一阵猛咳，手帕又印了几朵梅花红……

“老头子，老头子。”兰花一阵惊叫。

麦收微微睁开双眼，猛然间，那几朵梅花变成了一大摞红版的人民币……

进山出山

天泛鱼肚白时，二仓驾一辆独轮车要进山。

二仓忽然想起了那年、那月、那时、那景……

二仓驾的也是这辆独轮车，车上俩儿子小萝卜头似的趴着一动不动。媳妇秀兰，用摞满补丁的夹袄袖子，擦着满脸的泪水，转身望望身后苍白、荒凉的村庄。

公公婆婆说好要送他们的，可饿得皮包骨头的二老，起了几起也没挪动身子。秀兰扫吧扫吧瓦罐里那把高粱面，找遍了村里的角角落落，才捋了把榆树叶子，掺和一块，蒸了一锅菜团子，放在二老身边。

二仓心如刀绞。有啥法子，这年月，每天都有饿死人的，埋都没力气埋了。

是二姑心疼娘家，给出一主意，把秀兰说给山里一户人家，男人挖煤砸死了，剩下寡妇带一罗锅儿子，家境不错，男人留了不少钱。人家还算通情达理，答应让秀兰过去时，可以带上那俩比猴子还瘦的儿子。看到他们娘仨逃了活命儿，二仓感动得想哭。

沿路乞讨，太阳搁山的时候，二仓一家在二姑的指引下，进了这家门。

迎出一位满面春风、身材高大而肥硕的女人。

二仓心想，山里就是富，女人胸前还有这起伏的山脉。平原上女人的胸前，饿得就剩下俩黄豆似的奶头了。

女人身后突然探出一脑袋，像一个十几岁的孩子。二姑拽出那人说：“来，照个面儿，这就是俺们家的秀兰。”

这时，二仓才看见，这人的身高不到自己的腋下，一条腿短一条腿长。脊背像被啥挤压过似的，整个脊梁挪到了身体的左边儿，头用力向后仰着，仿佛和脊背连在了一起。

这就是他要把秀兰托付的人，二仓这时后悔了。可看看黄虾似的俩儿子，二仓咬咬牙，没让眼泪流出来。也是，好模好样的，谁家愿意一下子添三张嘴呀?

二仓返回时，女人给二仓两斗小米、一袋红薯干。二仓不敢耽误，车上装的是家中二老的命呀……

三年饥荒年过去了。看到好多嫁到山里的媳妇陆陆续续回来了。爷爷奶奶想孙子，就给二姑捎信，看看能不能让他们娘仨回来。

二姑回信，秀兰怀了罗锅的孩子。女人发话：来年坐完月子，就让你们一家人团聚。

终于盼来了这一天。

二仓驾起独轮车，装上四斗小米、两袋红薯干儿，他要加倍偿还人家，来答谢救命之恩。

这次二仓进山，心里有盼头，浑身有劲。日头刚刚偏西，二仓就进了罗锅的家门。

秀兰坐在院子里奶着孩子。身旁的石头凳子上坐着一位头发苍白、身体佝偻的老太太。

二仓正纳闷时，秀兰脱口叫了声二仓。

“爹……”正在院中柿子树上荡秋千的、欢实的虎犊子似的俩儿子跑了过来。

老太太脸朝天，听到秀兰和孩子们的叫声，深邃的眼窝子里，滚出来几滴混浊的液体。

秀兰把怀里的孩子递给老太太说：“娘，你抱着根儿。”

回身儿拽起二仓进了窑洞。

“二仓我还不想跟你回去，你走吧。”秀兰说着把头别向一边。

“啥？不回啦?”二仓像头发怒的雄狮高叫着，和那罗锅过出感情了？

秀兰上前拽一把二仓说：“你小点声吧。”回身关上了窑洞门。

“二仓。”秀兰转身说道：“你哪里知道，罗锅的家境不像二姑说的那样，是婆婆，哦，不，是老人家为了给罗锅诓媳妇往大里说。这几年，家里一下子添了三张嘴，也有揭不开锅的时候，可……罗锅和老人家是真心对待俺们娘仨，每顿饭都是先让俺吃饱。”

二仓眼睛睁得像铜铃。

“本来我是不打算给他生孩子的，可他娘俩太善良了，我才……”秀兰说不下去了。

“是啊！生了孩子，也算报答了人家，这样就扯平了呀！为啥不回？”二仓上前双手用力摇晃着秀兰。

“扯不平的，二仓。”秀兰用力甩开二仓说：“当罗锅知道我怀了他的孩子时，就更加疼我们娘几个了。为了冬天能让我们睡上热乎乎的暖炕，罗锅每天拖着残疾的身体到山上砍柴，去年六月十五，他还没来得及和他的儿子见上一面，砍柴时被山上暴发的洪水卷走了……老太太想儿子哭瞎了眼睛、哭白了头……”秀兰已泣不成声。

几年前那个高大、肥硕的女人和眼前这个满头白发、身体佝偻的老太太，二仓说什么也合不到一块儿。二仓的嗓子了有黏黏的东西堵着。

二仓一把拉开窑洞的门，一个箭步冲到老太太跟前，“嗵”的一声，跪在那里。

二仓双手接过老太太怀里的孩子说：“老人家，俺啥都知道了。俺兄弟走了，根儿就是俺儿，您就是俺娘。”

娘！跟儿下山吧……

她是他的眼睛

电脑前久坐，眼睛干涩、腿围发福不说，最受不了的是颈椎。病痛一发作，头痛、恶心、双肩像压了坯一样沉。心情烦躁，所有的灵感被拒之门外。俗话讲，有疮好摸，有病好说。每天到学校用手抱着脖子，摇头晃脑地叫苦不迭。有一腰椎不好的同事见状，极力推荐一家按摩店，还夸大其词地讲，那里按摩师的技术如此高超，那两口子如何热情。

正在病痛的风口浪尖上，按着朋友指点的路线，赶紧驱车前往。进了店里妻子很热情地接待了我，丈夫正在给一位中年妇女按摩。妻子向我抱歉地笑笑说："等三五分钟吧，他那里马上就好。"给按摩师耳语了几句。

按着妻子的指点，我拿掉枕头，平身躺在按摩床上，疼痛减轻了许多。真的是三五分钟，按摩师来了，他让我翻过身儿，在我的颈椎部位按了一会儿，说道："从你颈椎的病灶和你的穿衣打扮儿上看得出，你是老师。"我猛地一惊，今天遇上相面的了。我惊讶地高叫："你的眼力和手力一样高超，怪不得有人夸你。"

他平静得如泰山，继续说道，"我还猜得出，你家有电脑，你还爱玩电脑。"我再次惊讶，不过，这次我文明了许多，没再高叫，也平静地问，"你咋知道的?""从你的病灶上呀。你看，你白天在学校又得批作业、又得写教案，从你的眉宇间看出你还是个争强好胜的人，再加工写几篇论文啥的，颈椎就够劳累了，晚上在家里你在电脑上再待几个小时，你的颈椎不得病才怪呢。"

哇！按摩师太神了！这次我是在心里惊呼的。接下来的一个小时里，他一边按摩一边给我讲今后的注意事项。比如，用头在空中写那个“风”字，还说这是最好的锻炼脖颈的运动。还让我讲了好多学校孩子们调皮捣蛋的糗事，谈话中我发现他对教育孩子很在行的，就顺嘴也夸他几句：“从你的话里看出你挺喜欢孩子们的，你这人一定有爱心。”

他“嘿嘿”一笑，道：“常说一个家发不发看娃娃，谁不待见孩子？你们的工作，好比大楼的根基，关键着呢。”几句话说得我心里暖阳阳的，大理论听过，这么基层的掏心窝子的话还是第一次听到。心里激动，连声说道，“谢谢理解。”

由于大伏天的得陪女儿在外县高考，就把头发剪短，变了一发型。

第二次进店，照样是妻子笑脸相迎，还是那句，再等三五分钟吧，他那里马上就好，说完，又和按摩师耳语几句。

三五分钟，按摩师走过来，惊讶地说：“你今天的发型真时尚，刚好配你的脸形，颜色也适合你的肤色。”

我赶紧竖起大拇指：“好眼力，好眼力！”

男人有这眼光的不多。

“我们家那位，我秀眼眉一星期，愣是没看出来。”我夸大其词地让他看我脸上有啥变化，他终于也没看出来。

回到学校，和朋友谈起按摩师的眼力，朋友捧腹大笑。连声叫着，老姐姐呀，眼大无珠了吧？劳你下回去时看看这家按摩店叫啥名字。别说，我还真的有眼无珠，没注意那事儿。

第三次去时，我知道了按摩店的名字叫“盲森”。当我惊讶地走进店时，按摩师的妹妹告诉我，他们两口子送孩子上大学去了。“送孩子上学？他的眼……是的，我哥失明了。但是，他不是天生的，三十岁才看不见的。”“啊？是半路上失明？”“是呀，我哥最初也是老师，只是民办的。我哥可爱孩子们呢，他教的班级成绩可好啦，本来县里打算给他转正的，谁知，他的眼底坏了。”

“那他咋知道我……”

妹妹一脸的灿烂："我嫂子是个有心人呀，你没发现？"

我突然想起了他妻子的话"三五分钟吧"，想起了他们的耳语，心中涌起了一份感动。

"上大学是我哥的梦，虽然中学时他成绩好，可俺家穷，供不起他。这次送孩子也是圆他的大学梦。"

是啊！他一定看到了他心仪已久的大学。

因为她是他的眼睛！

华　子

华子一出生就费把式。胃口奇大，他娘的奶水不够吃，华子就整天整夜地号叫，搅得四邻八家不得安宁，常常有人拍着他家的门帘："管管你家的兔羔子，别让他叫魂儿似的吼了，老子天明还得下田干活哩。"

家里日子紧吧，华子娘月子里吃不饱，哪有奶水给孩子吃。华子爹是出了名的孝子，家中仅有的一点儿细粮，早给体弱多病的华子爷爷奶奶吃了。

华子没命地吼叫，可愁坏了华子的爹娘。

这时，前院儿的盘儿奶奶比华子娘晚十天生下了三丫头。只因为不足月，三丫头像只猫，不怎么喝奶。这下可肥了华子，盘儿奶奶汩汩的奶水，浇出了华子花朵般的笑容。

华子能爬墙了，四邻八家又不得安生了。谁家的桃子没摘过？谁家的枣子没撸过？谁家鸡窝里的鸡蛋没掏过？

桃子、枣儿弄来他就分给同伴吃；鸡蛋拿到村供销社换了糖球儿，还是分给大家吃，华子从不多拿。

华子爱看同伴们看他的眼神儿。他觉得自己一下子和生产队一样高贵了，伙伴们都呵护着自己，有一人之下万人之上的感觉。

为此，华子家门口天天像赶集似的，告状声、谩骂声此起彼伏。害得华子爹娘像鸡吃米一样，点头哈腰，向前来告状的乡邻赔着不是。自己家五只鸡下的蛋都央乞人了。

华子爬墙上树，身轻如燕。走起路来也是一阵风儿。每次有人告华子的状，华子爹鞋底还没脱下，华子早"吱溜"一下没了踪影。跑大街串小巷，华子在前边儿小马驹似的撒着欢儿跑，华子爹则上气不接下气在后头追，可着村子撵。

华子娘跑不动就爬上房，扯着嗓门喊：“华子，你个小祖宗，想累死你爹呀！你给我回来。这是造的啥孽呀？养活你这个败家玩意……”

后来，华子的爹想出一个办法。华子犯了错，华子爹不叫也不嚷，等夜里吹了灯，华子脱成光腚猴儿，把衣服扔一边，抓起鞋底、撩开被子、抡圆胳膊，泄尽了白天愤怒。

暴风雨过后，华子的屁股蛋儿，小蒸饼似的鼓起来，后半夜翻身都得咬着牙。

可第二天，太阳一照，云消雾散。爬墙上树掏鸡蛋，依然如故。

华子屁股上的肉越来越厚实，华子爹的力气越来越小。不知啥时起，华子不再爬墙上树，华子爹不再抄鞋底了。

在教室里坐不住的华子，中学没毕业就辍学了。也许是从小爱掏鸡蛋的缘故，华子突发奇想，走村串巷收了一些种蛋，在自家的火炕上，搬着书本，开起了暖房。

常说，刁闺女是巧的，嘎小子是好的。华子还真是干一行钻一行，三年下来，翻盖了自己的北屋不说，还把村支书的闺女娶到了手——能耐。

华子这次在十里八乡出了名。他不光有钱出了名，而孝顺也出了名。他不光是孝顺爹娘，还孝顺盘儿奶奶。他忘不了盘儿奶奶甜甜的乳汁，更忘不了盘儿奶奶淡淡的体香。

这天，四狗子窜头窜脑地来到华子家，一屁股歪到沙发上，抓起茶几上的烟自己就点上了。浓浓吐一口烟雾后，说：“大侄子，借给小叔点儿钱呗？你小婶婶见咱队上好几家都有摩托了，也想买一辆呢。”

四狗子是盘儿奶奶盼星星盼月亮盼来的那个传宗接代的种儿。可盘儿奶奶做梦也没想到，四狗子正如那首歌谣里所说的：麻野雀，尾巴长，娶了媳妇忘了娘，把娘背在山后头，把媳妇背在炕头上。

自打娶了媳妇，只顾他们享受，爹娘的生活从不过问。盘儿奶奶老两口的日子，多亏三个闺女和华子的接济。华子早就看不下去了，只是看他是盘儿奶奶的心头肉，不好开口。

四狗子嬉皮笑脸地说：“三五千元在你手里不算啥，就借给小叔吧。让你小叔在乡邻面前摆活摆活，立个人样，叔求你了。”

四狗子见华子不答理他，翻了脸，猛吸两口烟，把烟头儿重重地摔在地上，一只脚又使劲拧了拧，大声说：“你小子小时候还吃过我娘的奶，可别忘恩负义，要不是我娘的奶水，早把你饿死了，还有你小子的今天，哼!”

等四狗子不再叫唤了，华子“哗”的一下打开了身边的抽屉，齐刷刷的几沓人民币勾去了四狗子的目光。四狗子立即变怒为喜，上前说道：“我就知道大侄子不会不借我的。”

华子拿出一沓钱，在四狗子眼前晃了晃：“看见了吧？钱有的是，就是不借吃了奶却忘恩负义的子孙!”

后　人

明天就是他五七的日子，我要到他坟茔前给他烧纸钱。奶奶曾说过，五阎王心软，五七胡亲人得恸哭，只有感动了五阎王，死者的灵魂才好过五阎王这一关。

那一年，我爹因股骨头坏死不得不架上了双拐，娘卖掉家中所有可以买的东西也没能治好爹的病，万念俱灰的娘忍受不了清贫，做了他人的妻子。

当娘抱着我离开的瞬间，爹突然撒开双拐，“咚”的一声双膝跪地：把丫头给我留下。

娘抱着我的身子抖了一下，呆呆地愣在那里不知所措。当爹抬起头来时，热泪小虫子似的爬满双颊。爹绝望地说：“你还能生，丫头是我的后人。”

我看到小虫子也爬满娘的脸颊。娘眼神儿有些犹豫。最后，娘还是把我重重地送到爹的怀里，转过身，边哭边冲出家门。

我在爹的怀里挣扎着、哭喊着，小手儿指向娘离去的方向，我要娘，我还离不开娘。那一年我四岁。

跪在地上的爹，用力抱紧奋力挣脱的我，放弃了大男人的尊严，号啕大哭，哭声中充满了绝望。

这时他来了，我生命的贵人——老校长来了。因为他家和我们家是邻居，老校长和爹同岁，俩人是无话不说光腚的玩伴儿。是我和爹的哭声惊动了他。老校长从爹的怀里抱起我放在炕上，然后扶起一摊烂泥似的爹。我懵懵懂懂地看到老校长的脸颊上也爬满了小虫子。

从此，我成了爹和老校长的后人，因为老校长无儿无女也无妻……

这事还得从头说起，数年前，老校长在他娘温暖的宫房里，刚刚待到七个多月，他爹在他家的自留地，倒退着锄地掉到井里，没来得及和他的儿子谋面就淹死了。

老校长的娘哭得昏头忽地、死去活来，结果动了胎气，没几天就生下了他。因为不足月，他的身体小得他爹的尖口鞋就可以装下。

看看这需要精心护理的狸猫般大小的孩子，想想没有尽头的苦日子，老校长的娘哭醉了枕头。老校长是张家的唯一后人，为了张家的列祖列宗，老校长的母亲没有改嫁，那一年她老人家只有十八岁。

等老校长十八岁那年，母亲从捉襟见肘的日子里，挤出资金让老校长上完初小、高小咬牙读到了中学毕业。正赶上那年我们这个兔子不拉屎的小山村招聘老师，老校长就做了教书先生。

老校长也结过婚，妻子叫金凤，新媳妇个头模样都是百里挑一，只是结婚不足一个月，小两口就悄悄地到法院离了婚。

回家后老校长的母亲问为什么？俩人谁也不吱声，金凤羞红着脸，收拾好自己的衣物，低着头跑回了娘家。老校长的母亲逼问儿子为什么，老校长横竖不吱声。老母亲气得拿出绳子吓唬老校长，你再不说我就上吊。老校长一把夺过绳子说，你再问我就上吊。从此，母子俩谁也不再提起此事。

后来又有媒婆给老校长说过好几个姑娘，要么是老校长不见，要么就是老校长和姑娘见面不到三分钟，姑娘就羞红着脸匆匆离去，外人不知其因，老校长再没娶过媳妇……

我拿着贡品，带着纸钱，绕过一道山梁，来到后山老校长的墓地时，眼前的一幕使我为之一惊：老校长的墓碑前，直挺挺地跪着三个人。中间一老妇，两边牛犊似的俩半大小子。我把眉头拧烂了也想不出老校长有这样的亲戚。

我悄悄接近时，就听见老妇在说话：“宝根啊！你咋走得恁急呢？不是说好了的呀？等娃他爸圆了百天坟，我带着娃过去伺候你吗？你咋也走了呢？莫不是阎王也待见你这样善良的人……”

“宝根呀！我悔呀，不该在娃他爸出车祸下肢瘫痪、俩孩子上学急需交学费，万般无奈下找到你，可善良的你不但不记恨我，还给娃他爸掏医药费，资助娃儿上学。一帮就是十五年。如今娃们都大学毕业，娃他爸在你的资助下多活了好几年。”

“啊？老校长还资助他们了？”我只知道我是老校长资助上的师范，并答应老校长毕业回小山村接替他。

“宝根啊！这是咱们的离婚证。妇人说着从衣兜里哆哆嗦嗦拿出一张纸。你太傻了，你不该在离婚原因那里写上无后！”说着把那张纸烧掉了。“谁说你无后啦？大娃、二娃给咱们的恩人三叩头，从今以后，这儿就是你们家的祖坟，你们就是张家的后人。”

我再也控制不住，疾步向前冲到老校长的坟茔前，“扑腾”跪在那里：“我也是张家的后人！”

红大衣

在一个没有月亮、星星的夜晚，村西口一座破庙里，丑妮紧紧地抱着豆渣的脖子，胸脯一抽一抽地哽咽着说：“豆渣咱们到西边山里躲躲吧？不走就来不及了，都快出身子了。”说着丑妮抓起豆渣的手按在自己的肚子上。豆渣木讷地在丑妮的肚子上挪动手腕，任那“泥鳅”游来荡去，一股寒流从豆渣的手臂上传来，豆渣的心像被针扎一样难受。

“不该来的小冤家!”豆渣重重地骂一句，用力把丑妮搂在怀里，用鼻子尖儿碰着丑妮的鼻子尖儿沉默许久不说话。

“走吧豆渣，别犹豫了。”丑妮用力摇晃着豆渣，“咱们已无路可走了。”丑妮让豆渣就地坐下，自己坐在豆渣的腿弯里。“咱们的事如果让俺爹娘知道，我被打个半死不说，你也脱不了干系。再闹到学校，咱们班的同学、老师都会看不起我们的。”丑妮用力摇着豆渣，“我们已走到悬崖边上了，只有跳下去，死活就是它了。”说这话时丑妮眼睛放射着光，豆渣看的真真的。

豆渣的眼睛潮湿了，伸手撩起丑妮额头的刘海儿：“傻妮子，我怎么舍得让你跳崖呢？我要让你过上全村最好的日子，也穿上彩虹那样的红大衣。”

彩虹是今年村里第一个考上大学的女孩子，是丑妮娘常挂在嘴上要丑妮效仿的榜样。那红大衣是彩虹娘对考上大学彩虹的奖励，也是彩虹娘向村民们炫耀的物件儿。

丑妮一把抓住豆渣的手，使劲攥了攥说：“就凭我们这双手，不信就挣不来 件红大衣。那件红大衣要六十元，是丑妮娘喂的多半头猪钱。”丑妮知道这钱不好挣，丑妮说这话时豆渣感到手被丑妮攥得生疼，豆渣第一次感觉到丑妮有那么大的力量，他身体不由得躁动起来，浑身像充满气的皮球鼓囊囊的。

等丑妮再一次说走时，豆渣二话不说，拽上丑妮冲出庙门。门前是一块刚刚收完的红薯地，被村民们翻得坑坑洼洼的，豆渣试着走了两步又倒回来拿一个骑马蹲裆势，丑妮顺势爬上豆渣宽厚的脊背，豆渣背着丑妮向着西山的方向，消失在茫茫的夜色中……

为了能让丑妮穿上红大衣，豆渣下过煤窑、开过山石。下煤窑熏黑了豆渣那张白皙的脸、开山石震裂了豆渣那双细嫩修长的手。豆渣收工回来，在他们用石头砌成的小屋里，在那盏昏黄的油灯下，丑妮爱怜地用热毛巾擦豆渣的脸和手，边擦边说：“都怪我不好，你的成绩那么好，如果明年高考你一定能考上，考上大学就能坐办公室，就不会遭这么大的罪。”

丑妮说这话时，豆渣想起了天天早晨和他一起到村外树林里捅老知了皮卖钱的刚子，刚子今年考上大学，到南方上学去了。豆渣不愿再想了，吹灭灯瞎着摸儿和丑妮说话，其实豆渣是不愿意让丑妮看自己眼里蹦出的豆子。

他们儿子四岁那年正好国家改革开放。

丑妮说：“豆渣我们进省城吧！国家都开放了，我们也改变一下吧，要不苦日子熬不到头儿。”

丑妮背着儿子，豆渣背着他们的“家”一起进了城。

省城里多了一家叫“方岩快餐店”的小吃店。

年底他们的存折上已有了四位数字，豆渣拽起丑妮说：“我说话得算话，走，到人民商场给你买一件红大衣。”丑妮掰开豆渣的手说：“算了吧，咱们又不回老家，穿上给谁看呀，还是留着做明年的本钱吧。”

一晃二十几年过去了。他们的儿子考上了大学，还是硕本连读。“方岩快餐店”也变成了“方岩美食城”。

这时娘千方百计地打听到他们，托人捎信来，让他们带着孩子回家，说是想念她那未曾谋面的孙子。

当丑妮穿上豆渣给她花两千多元买的那件红大衣，坐着豆渣开的黑色奥迪小轿车来到村口时，正巧碰上了四叔家和豆渣同岁的钩子，当豆渣把一条好烟、两瓶好酒送入钩子手中时，钩子的话就多了。

“豆渣哥发的是正道上的财，吃着喝着仗义。”

“你这啥话?”豆渣觉得钩子话中有话?

“刚子出事了，你们还不知道吧?贪污公款，吃了又吐出来不说，蹲了班房又开了公职，几年的大学算是白念了。”钩子的话使得豆渣心里酸酸的，毕竟刚子是豆渣光屁股一起玩儿大的朋友。

“那彩虹过得还好不?”丑妮沉不住气了。

那人妖，整天打扮得妖里妖气的，守着当行长的老头子还不满足，打麻将和一秃头局长搅到一块儿，被行长逮了个正着，离了。

这时不知为什么，丑妮钻进车里，悄悄地脱下了那件红大衣，卷吧卷吧装进了衣袋里。

黑牛奶奶

太阳光铺满窗户灵子，黑牛奶奶吃力的翻个身，静躺一会儿缓口气，等咚咚咚心跳平稳后，她还是不想起床。自己好像三天了水米没打牙，肚里一阵阵发烧，头灌了铅似的沉。突然黑牛奶奶有种不祥的预兆笼上心头。她咬了咬所剩无几的牙，还是强撑着起来了。

今天是九月二十九，她八十四岁生日。七十三八十四，阎王不叫自己去。这几天死老头子在身边搅和好几天了。我还不能跟你走啊！死老头子，我知道你想我，我也想你啊！可是，大孙子家里这几天要生孩子，家里添口人是喜事，孩子们不记怪我以前的不对之处就行啦，咱可不能给孩子们冲了、给他们添堵啊！

黑牛奶奶穿好衣服下床，想喝点水，端端暖壶空空的。她只好扶着墙根来到厦子里，想烧点水。看看冷锅冷灶，一片死气沉沉的样子，黑牛奶奶无精打采地回转身，拿个铺墩一屁股墩下，蜷缩在北墙根的太阳光里。

一阵秋风刮过，树上仅剩的几片黄叶被吹下来，哗啦啦刮到黑牛奶奶脚跟前。她伸手抓起黄叶，干干的、瘪瘪的，没一点水分和油性，就仿佛自己这把老骨头。她抬头看了看光秃秃的大树，轻声叹道："大树啊！你年轻时候的枝繁叶茂哪里去了？"

她想起了她的枝繁叶茂，想起了许久的那一年。

黑牛爷爷去生产队掏井，不知道井下缺氧，把自己的二十九岁生命丢在了井底。还丢下了体弱多病的父母，以及七岁的闺女金莲、五岁的儿子金宝、趴在怀里吃奶的小儿金生。

从那一天起，黑牛奶奶就做了这个家的一棵大树。她要自己必须枝繁叶茂，那样她才能让一家老小，在自己的树荫下遮风避雨。

谁能给她遮风避雨呢？

没了黑牛爷爷的第二年的腊月二十三，黑牛奶奶去赶年集，卖了家里仅有的几棵白菜，才换回全家人的年夜饭。那天天气又阴又冷，集上人少，天都黑透了，黑牛奶奶才到家。当她从婆婆手里接过金生，拽起金宝走进自家门时，金莲正抱着一包油嘟嘟的东西，坐在院里的门蹲石上睡着了。听见娘进来了，金莲一下跳起来，兴奋地说："娘，你看看吧，是俺贵子叔叔给咱买的拆骨肉，他还说吃完了要我带弟弟睡里屋，他和娘在外屋有事要说。"

黑牛奶奶一听肺都气炸了，把金生一屁股墩在地上，一把拽过金莲怀里那包东西，一扬手"唰"的一声撒向天空。没解了心头之恨，她又抓住金莲的头发，对金莲一顿狂风暴雨。金宝、金生被吓得哇哇大哭，金莲莫名其妙地央求娘住手，说下次不敢了。

黑牛奶奶哪里收得住手。黑牛爷爷的突然离世、破碎不堪家的重压，加上队长贵子利用职务之便，多次对她明里暗里的挑逗，多少个夜晚，她都得用磨盘顶住屋门才能睡个囫囵觉啊！她把满心的愤怒都发泄在金莲身上，等她打累了，坐在地上，抱起三个孩子，哭到了下半夜，从此，小小的金莲再没叫过她一声娘。

三年后，同样的事情发生在金宝身上。村治保主任让金宝给她拿回去一件的确良褂子，说是娘洗衣服时落在机井上的。黑牛奶奶对金宝又是一顿暴打。

打金莲打坏过几个笤帚疙瘩、打金宝打折过多少铁锨把、打的金生的脸肿得七八天下不去，多少年了孩子们没叫过她一声娘……黑牛奶奶不敢往下想。她知道，那都是迁怒啊！自己满心的苦水、满怀的委屈、失去尊严的羞辱没处发泄，三个孩子成了她的出气筒。

如今，孩子们很少到她这里来，今天的生日孩子们更不会记得，这些她不会记怪，是她作孽，疏远了孩子们。

咦？咋有脚步声？这个院子好久没有脚步声了，是幻觉吧？不对，黑牛奶奶迷迷糊糊看见一小伙子拽着自己往前跑。她看清了，小伙子是黑牛爷爷。死老头子，我多大年纪了，怎么能跟上你跑呢？黑牛奶奶感到一阵胸闷，使劲地喘着粗气……

“奶奶，奶奶……你醒醒。咦？小伙子怎么成了大孙子成成呢？”黑牛奶奶努力睁开眼，看到自己躺在成成的怀里。

“成成你……”黑牛奶奶想问些啥。

“奶奶，你孙媳妇给你生了个重孙，我拿户口本给孩子上户口，知道你今天生日，过来看你，你怎躺在院子里了……”

成成还说啥，黑牛奶奶听不见了。她心里纳闷，孙子给我过生日，怎么还唱喂喽喂喽的歌呢。这是哪里啊？一片雪白……

隐隐约约黑牛奶奶仿佛听见金莲、金宝、金生都在叫“娘”……

汗珠飞扬

宝钢和慧莲接到儿子电话时，离学校放暑假不到一个星期。儿子的那些话是蹦着跳着窜进老两口耳朵里的。放了暑假儿媳答应带孙子回老家看爷爷奶奶。

撂下电话老俩傻了。不知道该怎样迎接儿媳和孙子。自己的儿媳那可是城里生城里养的，和儿子结婚十来年，就是举行婚礼待客时在家待过一天，十来年，尽管儿子回来不少，儿媳可是再没迈进这土坷垃窝。土坷垃窝虽不是儿媳亲口说的，可也差不到哪儿去，是儿子的丈母娘说的。儿子婚礼那天，儿子丈母娘一下小轿车，就掏出面巾纸堵住鼻子，拖着鼻腔高叫："啥破地方，无风三尺土，好好的闺女掉进土坷垃窝，倒八辈子霉了。"

宝钢拍拍傻呆呆的慧莲说："老婆子把铺柜底下的折子拿出来，我取些钱，进些砂石料，把咱家的小院浇筑一下，儿媳、孙子回来万一对个刮风天，最起码在咱自家院子里吃不上尘土。"

慧莲突然间就拧了眉："折子上还有钱？不是儿子买房、孙子买钢琴，你都给他们了吗？"

宝钢转过身儿，在桌子上哧溜一声，撕了一条旧报纸，在一个塑料袋里抓了一把烟叶，熟练地拧了一个喇叭筒，"嚓"的一声划根火柴，点上自制的旱烟，两个腮帮子用力凹进去，又"噗"的吐出一团浓浓烟雾，用夹着旱烟的手向慧莲摆摆，"拿吧，右边那个折子。"

"啥？右边那个折子？"慧莲的脸色霎时就变了。"你不是说那是咱俩的养老钱，不到咱们进医院、上手术台，啥时候也不能动的吗？你个老球，还没听到孙子的脚步声就混啦？我告诉你，动不得、动不得！”

你个小气老婆子，难道你愿意看咱们那么金贵的孙子吃狼烟呀？钱花了咱可以慢慢挣，就你我的身子骨一时半会也不会有事。

砂石料备齐后，为了省工钱，宝钢当把势慧莲当小工，挑水、拌料、浇筑、罩面，老两口干得得心应手。宝钢光着黝黑的脊背上，汗珠冲开了一道道小溪，一股股汗流正欢快地在小溪里飞舞。

慧莲就不行了，虽然家里就他们老两口，出于女人的矜持，慧莲就不能不穿上衣了。这时慧莲像是被大雨淋了的老母鸡，头发一缕一缕粘在一起，发梢不时有汗滴滴落。汗衫贴着前心、沾着后背，前胸也……

当宝钢看到慧莲这副尊荣时，一拍大腿说道：“如今天气都这么热了，等孙子暑假回来天气就更热了，孙子热不得、媳妇也热不得，明天咱进城，买个空调装咱屋里吧。”

慧莲撩起汗衫用汗衫边擦了擦眼睛，张了张嘴想说什么，咕咚咽了口唾沫，把要说的话压了下去。

还有三天才到孙子放暑假的日子，宝钢、慧莲老两口就把院子收拾停当，空调也准备就绪，只等儿子的电话了。

七月一号儿子来电话，说三号是个星期天，他们一家三口回老家。这可是天大的事情，对于宝钢和慧莲来说，这比过年还隆重。孙子八九岁了，还没和爷爷奶奶照过面，虽然在照片上见过，那是假的，不能动弹，更不能叫爷爷奶奶。

三号早起四点半，宝钢慧莲两口子起来忙活开了。杀了自家养的土鸡、炖上自家养的水鸭，“啪啪啪”宝钢在案板上剁饺子馅，慧莲和好面，他们要给孙子、媳妇包牛肉大葱馅的饺子。

八点半儿子来电话说他们一家三口出发了。宝钢乐得合不上嘴，擦擦满头的汗珠子，“嘿嘿嘿”，冲慧莲一个劲儿傻乐。慧莲看看宝钢刚刚换上的新汗衫有了汗渍，想起了屋里的空调，就说：“孙子快到了，你进屋把空调开开吧，可别热着咱孙子了。”

宝钢开开空调吹了一会儿，顿时感到身上凉爽多了。出了门看看空中挂着的大日头，再钻进蒸房似的东厦房，对着慧莲“嘿嘿嘿”又一阵傻乐，老婆子你到北屋试试，那玩意还真凉快呢。说实话，他们从装上空调还没舍得开，怕费电，今天是第一天。

慧莲白了宝钢一眼，哪有空凉快，紧着弄饭菜呢，待会等儿子、孙子、媳妇到了，我们一家五口，坐到空调屋里好好吃顿团圆饭，“嘿嘿嘿”……慧莲宝钢一起傻乐。

十二点刚到，儿子的小汽车就到门口了。宝钢慧莲擦吧擦吧手赶紧迎了出去。老两口一边叫着孙子，一边拉开了车门。孙子的脚丫子还没着地，看看空中的日天，丧着脸叫着天热。宝钢把胸脯一拍说道：“孙子不怕，爷爷怕你热，早在屋里给你装上空调了，来爷爷背你走。”

当宝钢背着孙子进到屋里纳闷了，屋子热得像蒸笼，空调早就停了，宝钢急忙放下孙子，看看这里、摸摸那里、再用手拍拍就是不开。孙子高叫着，“爷爷骗人、爷爷骗人……”

慧莲跑到邻居家一问，才知道停电了。

儿媳丧着脸吵热，孙子叫着要走，没办法，儿子只好把车上的空调开开，让娘俩在车上吃。

站在灶间的宝钢和慧莲刚刚换上的新汗衫突然间就湿透了。

过大庙

晚上十点多，哥突然从老家打来电话说："豆子，明天回老家过大庙吧。"

说实话，工作后除了大庙对到周末，我很少请假回老家过大庙的。何况今年学校又要全县期中大联考、眼下正在紧锣密鼓地组织学生复习。关键时刻请一天假，就为了那尘土飞扬、满脸黄沙的庙会，实在不值得。

电话里，我吞吞吐吐、磕磕巴巴地把全县大联考、学生正紧张复习等一些理由摆了出来，想赢得哥哥谅解，同意我不回家过大庙。

谁知哥电话那头提高了嗓门儿："豆子，你还是回来吧，咱娘这两天老年痴呆症严重了，把你平时给她的零花钱全部拿出来，鸡、鸭、鱼、肉、菜堆了满满一冰箱，嘴里还一个劲地念叨，那锅糠窝窝头真是造孽呀。小山、小林哥俩明天来过大庙，得多准备一些，得让他们吃饱，那才能长个呢。"

我心里"咯噔"一下，小山、小林是我俩表哥，和娘不行走好些年了。原因是，在小山五岁、小林刚刚落地时，姑姑得月子病离开了人世。两年后，姑父给两个孩子找了个后娘，从此小山和小林就成了爷爷、奶奶的心病。

爷爷、奶奶惦记两个没娘的孩子，扫把扫把家里面缸底，蒸了一锅宣腾腾的白面馍，去看俩外甥。

小山和小林的后娘见奶奶挎着一篮子白馍，双眼笑得像月牙，左一声爹、右一声娘把小山和小林搂在怀里，口口声声表示决心绝不亏待俩孩子，可她那双眼一会儿也没离开那一篮子白馍馍。

后来有人捎信说，爷爷奶奶拿去的那些馍，小山和小林的后娘根本就没让他们吃一口，全填了她的肚皮，连下地卖苦力的姑父也没让尝一口。原来小山、小林的后娘在娘家就吃嘴怕干活，二十大几了也找不下婆家，只有到人家家里当后娘。

从这件事上，娘就开始讨厌小山和小林，因为奶奶每次给他们送去吃的，都要挤掉我们的口粮，娘也护犊子，不愿意看我哥哥姐姐摇摇晃晃的蜡黄小脸。更让娘心里犯梗的是，每年的农历三月初一我们村过大庙。别人家的大庙过一天，可我们家的大庙过三天。大庙的前一天，爷爷就会借前院喜顺大伯家的马车，到小山、小林家，连同他们的后娘和后娘生下的那个闺女一起拉过来，把家里仅有的白面、粉条和娘年前搭在绳索上的干菜都摆弄出来，让他们娘几个敞开肚皮吃三天饱饭。每次都是先紧着他们吃，剩下的娘才带着自己的孩子，有稀吃稀，有稠吃稠，没了，就眼巴巴地看小山小林和他们的后娘腆着肚子吧嗒着嘴。

更让娘生气的是过大庙那天，奶奶会把家里攒的那罐鸡蛋抱出来，煮上八个，吃饭时给小山、小林他们娘四个每人两个熟鸡蛋，奶奶还会盛一碗生鸡蛋放到我们跟前，并嘱咐娘只许看不许吃。

娘脸都气青了，要不是爹的白眼珠子一直盯着，娘真想把那碗鸡蛋扣到小山、小林头上。

等爷爷奶奶百年后，小山和小林再来过大庙，娘可解了气。中午一锅糠窝窝头，锅里四个眼的汤——蚝锅水。小山和小林一看掉头回去了，再也没登过我家门槛……

我决定拨通那串我熟悉的电话号码。

那年我刚刚师范毕业走上工作岗位，老娘却患了老年痴呆症，嘴里整天唠唠叨叨的，糠窝窝头、四眼汤真是造孽啊！我知道了娘心里的症结，便悄悄打听小山和小林哥的消息，得知小山哥的三个孩子都考上了大学，小山哥因身体不好三女儿杨平正决定放弃学业，我便以陌生人的身份资助了她，一直到去年她师范毕业分到我们学校当老师，我们俩之间的那层窗户纸才算捅破。

电话那头杨平紧张地问："豆老师，这么晚了来电话有事吗?"

我却镇定地说："杨平啊，你不能叫我老师了，你得叫我姑姑……"我一口气把我们两家的来龙去脉到了个底儿光。

杨平惊讶地说："姑姑啊，您咋不早说呢? 我可算是知道怎么回事了！怪不得我爹患痴呆两年来，总是说生鸡蛋、熟鸡蛋，还说熟鸡蛋能吃生鸡蛋不能吃……"

杨平和我决定明天请假，杨平开车拉上过去的小山、小林，如今的老山、老林两个哥哥，我们一起回老家过大庙。

狗窝里的笑声

王海贵第一次到省城做生意就赚大发了。

王海贵从小心灵手巧，跟着他木匠老爹学了一手好手艺。在村里组织一班人马，搞起了装修。王海贵做出的活又精又细，在十里八乡可是出了大名的。没几年就干大发了。

来到省城，王海贵接的第一宗就是一个大买卖。被一个哈着一团“香气”的女人，带到一所大别墅里。“香气”嗲声嗲气地把一张图纸给了王海贵，发下话：如果装得好，让我满意，工钱翻番。王海贵望着那团“香气”的背影，“嘿嘿”一阵傻乐。他心里明白，这桩买卖干下来，顶他在乡下干一年，能不乐吗？

王海贵卖着老力连明彻夜地干了三个月完工了。

别墅豪华典雅、富丽堂皇，三个月王海贵装好别墅，也把那团整天指挥他的“香气”装心里了。看着那莲藕似的臂膀，蛋清似的脸蛋儿，王海贵比喝八两二锅头还要醉。常常在梦里给“香气”在这别墅里销魂，从睡梦中笑醒。

巧的是，别墅刚刚竣工不久，“香气”连同别墅一块儿被人甩了。“香气”电话叫来王海贵，扑到他怀里哭成一团烂泥。小拳头雨点般地打在王海贵胸膛上，仿佛王海贵就是甩了他的那个臭男人。

从此以后，“香气”一生气就打电话叫王海贵到别墅里，王海贵一进门，“香气”风一样打着旋儿扑过来，挥舞着小拳头儿在王海贵的胸膛捣蒜。王海贵的衣服不知湿了多少回。一来二去“香气”就离不开王海贵了，只要一心烦就给王海贵打电话，时间久了就不再让王海贵回出租屋。

这下可乐坏了王海贵。看看这宫殿式的别墅，再想想自己和老婆住的那家，简直就是狗窝。虽然自己这几年挣了俩瓜仨枣，把北屋翻盖一新。他们的家，在十里八村的也算是“北京天安门”，但和这别墅相比，那就是“天上”与“人间”了。

老婆粉花生得五大三粗，天生做活的命，只要地里有活干，她三天可以不叠被窝。赶上阴天下雨的，漂白的地板砖上，到处都是老婆粉花的蹄子印。和这窗明几净的大别墅比，说是狗窝一点儿不夸张。

晚上，王海贵抱着“香气”翻江倒海之后，早已精疲力竭。在舒适、柔软的床上摆个大大的“太”字，想刚刚美美地睡上一大觉，却被“香气”的一声尖叫吓一跳。你这人怎么这样？就这么脏兮兮地睡啦？别把我的床和被子弄脏啦，看清了，这是别墅，不是你家那狗窝。王海贵被“香气”揪着懵懵懂懂扔进浴缸。

王海贵强打精神支撑着洗漱完，擦吧擦吧刚要上床，“香气”一把拽住他，拿出一套睡衣要他穿上。

穿上睡衣的王海贵在被窝里翻来覆去怎么也睡不着。说实话，王海贵长这么大，就是娶媳妇那天，他娘硬让他穿上裤衩，新婚之夜脱了再没穿过。他喜欢像个泥鳅似的在被窝里游来划去的感觉。

王海贵好不容易迷迷糊糊睡着，手机铃响了，催他上班呢。辗转反侧吃力地爬起了。洗脸、刷牙、更衣，这时肚子叫了，他看看厨房锅冷灶凉，再看那一团“香气”梦舟畅游呢。

王海贵脑海里突然蹦出老婆粉花，这要是在“狗窝”里，粉花早就把饭菜凉在桌上，不烧不凉，一阵狼吞虎咽就把他喂饱了，然后一抹嘴儿奔了工地儿。今天王海贵的肚子只好唱空城计。

好不容易挨到中午，一进门见饭菜已上桌，肚子呱呱叫的王海贵来个饿虎扑食，抓起一块肉刚要往嘴里送，“啪”被“香气”打掉，去，洗洗你的脏手，先别吃饭，我有话给你说。

王海贵不情愿地洗完手，“香气”把他堵在卫生间门口，指着鼻子尖儿大声叫着："你看看你的素质，刷完牙牙膏也不放回原处，牙刷还放反了。最可气的，你看看你是怎样挤得牙膏？要从底部挤，怎么你从中间挤呢？缺教养！"

王海贵低着头，用眼珠子翻愣一下"香气"，心里说，哪来那么多臭规矩，在俺家每天都是老婆粉花灌好水，挤好牙膏，俺哪知道怎么个挤法。

好不容易等"香气"训完话，王海贵以迅雷不及掩耳之势风卷残云，一个饱嗝没打上来，忍无可忍的"香气""啪"的一声把筷子拍在桌子上："王海贵呀王海贵，你吃饭文雅一点好不好？能不能不吧唧嘴?!"

王海贵瞪一双惊恐的眼睛，把嘴张在半空。心想：不吧唧嘴咋吃饭呢？这时没打出的饱嗝，从王海贵的嗓子眼儿，没经王海贵同意，径直蹿鼻腔里。鼻梁骨一麻——阿嚏，王海贵重重打一喷嚏，来个天女散花。

"哗"桌上的锅碗瓢盆齐刷刷蹿到地上跳舞了。

王海贵跳起来，愤怒的雄狮似的扑向那团"香气"。

没等"香气"反应过来，王海贵蹿出别墅，丢下他的公司，直奔"狗窝"。

父与子

“儿啊，爹的病爹知道，咱们还是不治了。”已是肺癌晚期的父亲有气无力地劝说着儿子。

“爹，用不了多少钱，花上十万八万的儿子能负担起。”

“不行，咱不能让老百姓说一县之长，花十万元钱给他黄土都埋脖子的废老子买命。我不想在你用十万元买来的余生里再被唾沫星子淹死。”

“不会的爹，我们两口子都有工资，你孙子今年又分到土管局也有工资了。”

父亲不语，挥挥手执意要离开医院。

儿子揣起医院退回的三万元押金，无奈地跟在父亲的身后。

父亲在大山里苦了一辈子，日日夜夜盼着自己的儿子有出息，如今儿子当上了县长，可父亲觉得儿子是父母官，又怕儿子落下贪官的名声，放弃了自己的余生。儿子想这些时，父亲的脊背在儿子的眼中忽然就变成了一座大山，一座泪雾茫茫的大山。

车子七转八拐，回到县城时，已是日头偏西。儿子把父亲安排在自己常去的一家高档点儿的饭店。安排好父亲后，便去了洗手间。

厕所内一对儿醉鬼，边处理内急边愤愤不平。

“奶奶的，雷子这……这东西真——不是玩意儿，说是把……把临街的两间门市给我搞——到手，我给他三——万元好处费，都多半年了，喝……喝花椒水了……”

“那……那小子呀，还……还不是仗着他老子是县长。”

“回头你问问他，看他放……放啥屁?!”

“嘘！小点声儿，那小子鬼精，没……喝醉。”

县长的心“咯噔”一下，雷子是他儿子，是他那不争气的儿子。

刚上中学就学会了吃喝交友，高中没上完，对象就搞了一打。虽然校长想尽法子婉转着汇报儿子的成绩，但县长是心知肚明。无奈县长一气之下给儿子找了一个技校，一脚把他踹了出去，眼不见心不烦。

一晃三年过去了，又得给儿子找工作。就那学历，就那成色，哪能找到好工作呀。还好土管局局长是自己的老同学，又看在自己的乌纱帽上，就让儿子到土管局给老同学当司机开车，充其量一临时工，每月工资四百元。

“臭小子狗仗人势。”县长愤愤地骂一句。尾随着两个醉鬼进了隔壁房间。

“爸……”儿子张开醉意蒙胧的双眼。

“县长!”俩醉鬼张开两张大大嘴巴。

这是你爷爷舍不得动手术省下的三万元给他们。县长说着把那三万元重重地砸在儿子的脸上。

“不能给他们!”儿子抓起钱冲县长叫起来，“得给爷爷治病。”

“你爷爷怕他儿子落下贪官的骂名，放弃了他的余生，可我的儿子却……”

儿子终于低下了头：“爸，我确实收了这小子三万元，可你知道吗?这钱我没有要。这小子不是人，他搞婚外恋，把他老婆甩了，我替他们孤儿寡母打不平，就骗他说给他搞两间门市，其实我把钱给他老婆了，不信我可以给他老婆打电话。”

县长眯了眯眼，又摇了摇头。

“是真的，我作证。”爷爷站在门口，冲县长叫着，“你知道他老婆是谁吗？是雷子高中时的班主任，在雷子上技校时，人家给雷子写了不下三百封信，鼓励着雷子顺利上完了三技校年。现在正在人才市场给雷子找对口的工作呢。”

县长的眼睛瞪大了，觉得自己是不称职的父亲。

醉鬼的眼睛瞪得更大，觉得他是不道德的男人。

他看着这两对：父与子。他忽然记起自己也是父，也是子。

庙里庙外

喜春天刚蒙蒙亮就轻手轻脚地下床，揭开门帘蹑手蹑脚走出门外。在外打工的儿子昨晚回来相亲，她不想搅了儿子的回笼觉。她挎上早已经准备好的小包，一溜小跑儿奔了后山。

今天是六月初一，当地人称这一天是半个小年，也就是说后半年的第一天。附近的人们都要在这一天，到后山的部部庙里许愿拜神佛，喜春今天不但要去，还要早点去，她要烧头香，她深信香烧得越早就越灵验，圣灵就会格外呵护自己。

喜春乘着露水，深一脚浅一脚地喘着粗气。她脚底下有的是劲儿，因为这次她要到庙里给儿子许愿，让佛祖保佑她儿子早日把媳妇抢到手。

喜春在家早就算过了，在他们不足二百户的小山庄，年龄在二十岁到二十九岁之间，没有对象的小光棍就有二十五个，而这年龄段之间的闺女仅有七个，其中三个大一点的早已经结婚生子，四个小的，两个在外地上学，据说早已搞到外边对象了，扬言在外就是嫁个二婚的，也不回这黄牛放个屁臭整个村的地方。村里就剩下最后两个姑娘白玲和胡翠，喜春好多年前就喜欢白玲，这次她下了血本拖久媒婆给撺掇此事呢。

二比二十五，啥概念？二十五家的爹妈着急、二十五家的小光棍更是抓耳挠腮，就连大队的喇叭里，村支书都广播好几次了，谁要是给本村的小伙子说门亲，只要一定亲，村委会出钱，奖励媒婆三千元，结婚时再奖励五千元，僧多粥少啊！

每年到冬季里，从工地上收工回来的，三十岁以上的老光棍，天天北墙根坐一溜晒太阳，喜春看见就心慌，她要努筋拔力地争取，决不能让儿子跟北墙根那一类站在一起。

喜春脚下生风越走越带劲，因为她心里有底气，在这次相亲大战中她觉得很有把握。她把这二十五家的家底早已做了攀扯。自家的二层小楼算是鹤立鸡群。她暗暗窃喜，多亏了自己的精明，在庄上自己第一个撺掇老头和儿子到外地打工，稍有经验的爷俩，现在有了自己的建筑队，如今他们家才有了这铜帮铁底的好日子。儿子虽然不像电影明星英俊，但是，比那几个砍不尖旋不圆的土行孙强多了。再加上儿子这次开回的十几万元的小轿车，真是天时地利都挺好，就差人和了。

她在为“人和”努力。她不光要到庙里烧头香，烧完香她还要到庙后门的小河边去放生。早就有先生给她算过，她至少要放生五百条性命，儿子的婚事才能占上风。她用力按了按身上挎包，里面鼓鼓囊囊的，她带足了钱，她要一次性放生五百条鱼，为儿子的婚事积攒功德。

日头刚一爬上庙门，喜春所有的事情都已办妥。虽然满身的疲惫，喜春还是面带喜色赶回了家。

一进家门，喜春的脸像空中突然掉下一块云彩似的，“呱嗒”一下晴转阴。因为她看到公公婆婆又在他们家院里坐着呢。喜春怕吵醒了儿子，屁股一扭一扭地迈着大跨步进了屋，拉开抽屉抓出分家时的分单，屁股又一扭一扭地来到公公婆婆跟前，一把把分单搡到婆婆的怀里说道：“你看看分单，一月十元钱、二斤米、一斤油，就连过年时的一斤粉条二斤肉，你说说哪样物件少你们啦？天天堵着门子叫唤，俺儿子可是等着说媳妇呢，你别坏了我的名声。”

咳咳咳……公公一阵猛咳。喜春虽然嗓音不大，却震得公公差点咳出了血。

婆婆拍拍老头的脊背，抬头看看喜春，轻声说道：“你爹的病有一阵子了，村卫生所不给看了，让到城里瞧瞧哩。”

喜春抓过婆婆手里的分单叫道：“你看看，你看看上面白纸黑字都写着哩，我说多少回了，分单上有的我一样不落都给你们，分单上没有的要也没有。”

喜春一手拽起公公，一手抓起婆婆边往外搡边说：“俺家哪有闲钱让你们到大医院糟蹋，你孙子都二十好几了，马上得娶媳妇，没个十万八万的媳妇到不了家，你们就别再来添乱了。人家久媒婆今天带白玲来相家……”

“妈，我不娶媳妇了。”喜春一转身儿子站在身后，“将来你有病了我要没钱治，那可怎么办啊？”

喜春俩眼瞪得像铜锣一屁股蹲在地上了。

冬日暖阳

五十年罕见的暴雪不期而至，使得刚刚入冬的气温骤然下降。老天爷并没有过足瘾，又兴奋地吹起口哨，雪花和着嗖嗖的节奏，像一位倾情少女，洋洋洒洒地扭动舞姿。

又一个漫长的冬夜来临了。

披上孩子他爹那件祖传的老羊皮袄，两个小腿肚上套上护腿，换上自家纳的千层底靴头，一切就绪扎进西厢房，打开太阳似的锅炉窗口，火苗一纵一纵跳得正欢。

这是一家人的希望、一家人的安宁。

我蜷缩在灶间，心情比外边灌铅的天空还要沉重。

我突然想起小时候奶奶说的那句顺口溜：叫花子，背着两只（猪）脚丫子，扔了吧是块肉，吃了吧有点儿臭。唉！我不就是那叫花子，乍一听——老师，真的是块肉，拿孩子他爹的话，披着血布衫儿，吃不着肉。俺是民办的，还是民办幼儿老师。工资是俺同年参加工作国办教师的八分之一，是俺邻居在服装厂上班工资的四分之一。可俺舍不得扔，快五十岁了，教龄比俺俩儿子都大，哪天有人可怜俺，天降甘露，下半辈子不就有想头了？

俺工资不高，头衔儿高，俺是一校之长。在这天高皇帝远的穷乡僻壤，我们学校带上我总共才有四个老师三个班，我带一、二、三年级语文，我们轮流带一学前班，全校师生共四十八人。

县教委多次合校并点，我出村教学无所谓，孩子们出村上学最近也得二十里，农闲时壮劳力几乎都出去打工，接送学生的都是爷爷、奶奶，二十里地可想而知。全村在外打工人员集体回乡，一合计，齐刷刷地跪了教委一院子，留住了学校、留住了我。

学校我那简陋的办公桌上，百元钞啪啪拍得山响。红铜似的声音："给孩子们安上锅炉，俺们在外安心。齐刷刷又跪满了我的小院儿：尹老师，孩子的一切交给您了！"他们都是过去因贫困不得不辍学的我的那些高才生，他们拍在桌上的是希望，一团云雾在我眼前渐渐升起……

在学校，我是校长兼司炉工，更是孩子们心目中冬日暖阳。

在家里，我是正家长兼司炉工，也是一家人心目中的冬日暖阳。

自从孩子他爹从房架上摔下来，摔折了胯骨轴，就再也不能到建筑队干活了，整天和患严重哮喘的孩子爷爷各背一床，四目相对、唉声叹气。

俩双胞胎儿子大学毕业，又摊上找工作像大海捞针，只能东一榔头西一棒槌找一些杂活填补家用。怪都怪自己的土壤肥沃，一藤结俩瓜，赶上去年俩儿子一块儿结婚，今年老二得子，老大待产。我那点儿工资捉襟见肘，不得不求告亲戚朋友。但是为了已经到来六天的孙子，为了六天后即将到来的孙子，我还得把炉火烧得更旺。

在这慢慢的冬日里，我不敢想象，明年九口之家怎样生活？

我期待着孩子他爹的伤势快点儿好起来。

期待着俩儿子找到好一点儿的工作。

我更期待天降甘露于我。

啥时能感觉我的冬日暖阳……

吃 奶

老孙我刚刚五十三岁，就在副局长的窃喜声中退居二线，因为我才刚刚提升局长一年不到，县里就出台土政策，五十三岁局级以上内退，没办法我只好“应征退伍”。

回到家后，忙碌的心闲不下来。身上总有一股无名火蹿来蹿去，不久我便憋了一身的病，医生检查后说是早更，完蛋了，五十三岁就跟着小自己六岁的老伴儿早更了。

庆幸的是第二年，儿媳妇就给我生了一大胖孙子，这可是我们孙家的活宝，到他这一代已是五代单传了。

小祖宗生下来确实可爱，那鼻子、那眼睛、那眉毛、那脸蛋儿，比起我手中的权、腰中的钱，要可爱数十倍，重要数百倍。

美中不足的是小祖宗嗓子眼细，进食非常困难。

都快一周了，除了吃他妈妈的奶，其他的食物一概不进。邻居的张大妈一见他就说：“这是和珅转世，上辈子吃的好东西太多了，这辈子啥也不稀罕。”

某日孙子生病。连续几天的高烧，本来就蜡黄的小脸，如今更是苍白无色。我和老伴心急如焚，各种营养品堆积床头，孙子不闻不问。

无奈只好每日老伴，带着孙子到在县中教书的儿媳妇儿那儿，利用课间十分钟喂奶。

老伴儿突然感冒，这个坚定的任务落在我的身上。

课间只有十分钟，孙子兴奋，瞅着妈妈的脸儿嘻嘻直笑。

“孙子快点吧，你妈只有十分钟。”我在那儿猴急猴急的。

上课铃儿就要响了，孙子抓紧时间。

孙子快点儿吃吧，爷爷求你了。

小祖宗你快吃呀，你妈妈下一节可有课。

孙子奇了怪了，一直瞅着妈妈傻乐，我那个急呀，脑袋顶上冒汗了。

“孙子你吃不吃？不吃爷爷可要吃了。”我吓唬孙子时，突然冒出这么一句。

儿媳的脸腾地红了。

我的脸也突地红了。

孙子“咯咯”笑出了声。

啊——呸！我说的是啥话?!

层　面

抱着从超市买回的、第十八包儿子定亲的糖果，和儿子一起往后街珠儿婶子家走去。刚刚走到西旁街，远远照见胜巧骑着车，后座上驮着一肉嘟嘟似的花朵。

我心“咯噔”一下，思绪就掉到三十年前。

我二十三岁那年的正月初九，被当时的小关、如今的老关，吹吹打打、威威风风地娶进门，喜得小关合不拢嘴。小关的嘴角咧到后脑勺是有原因的。

高考落榜回村当上电工的小关，硬是托人把当上民办教师的我搞到手。他的话：“咱没中上状元，咱得土洋结合，争取下一代成为公家人，撂下这锄把子。”

胜巧是正月十二一大早，骑车从十五里外我娘家跑来看我的。在娘家，大我三岁又和我们家是邻居的胜巧，因为她家姊妹多，她娘的炕上装不下，就挤到我的闺房里和我一起睡，一挤就是十五年。

娘家的闺密来了，小关不敢怠慢。粗手笨脚地整出几个小菜儿，叫来他几个要好的哥们儿作陪。

酒过三巡，大家的话就稠了。当小关得知胜巧还待嫁闺中时，一把推出了他的哥们儿志宽。

我拽出小关到旁屋说道，你知道胜巧是啥人，就给恁文静的志宽往一堆儿捏合？胜巧在我们村是有名的半彪子，和男孩子打架，光着脚丫，掂着鞋底子能追半道街，非得追上，把男孩子撂倒在地，骑拉在身上，举起鞋底子，在男孩儿屁股上鸡吃米似的拍打一阵子才算撂手。

小关一拍大腿，咯咯地笑了，趁着酒力，笑得脸红得像下蛋母鸡的脸，说道："你看志宽文静吧，嗨！他是个一百油锤楔不出个屁的种，他娘常骂他死肿蛋、烂白菜，快三十岁了还没有媳妇。他娘说得给他找个点炮响三响，一拍屁股上房揭瓦的种，不然过不了日子。"

就这么着，在槐花飘香时，胜巧和志宽入了洞房。

第二年我儿子刚刚照完百天照，他们的一对儿双棒儿子就呱呱坠地了。

一下子添了两个孩子，胜巧和志宽的生活乱了套。胜巧的"半彪子"露馅了，整天叫唤着骂志宽啥事不费心，整个死人一个。骂急了，鞋底子就在志宽的屁股上擂起了战鼓。弄得两个孩子脏得花猫儿似的。我常常把儿子的旧衣服接济他们。

孩子们上学了，志宽受不了胜巧的打骂，卷着铺盖出去打工了。胜巧一人又是地里又是家里的，瞎字不识的胜巧顾不了俩孩子的家庭作业。学校整天叫家长，气得胜巧抡圆了胳膊挨个儿打，作业还是完不成。胜巧就骂他俩儿子猪脑子，就不能想想办法。俩孩子还真的想出了办法——天天抄我儿子的作业。我对胜巧说："这不是害了孩子吗?"胜巧胳膊一抡说："管他呢，只要能不让老师叫家长就阿弥陀佛。"

我民办老师转正被调到县城那年，儿子正好上初中，小关就找他表哥，到县城的百力公司做了名合同制工人。

真让小关言中了，我们真成了半拉城里人，回村的机会少了。

这几年只顾整儿子上重点中学，考名牌大学，研究生、硕士生的一阵折腾，等儿子在城里安顿好工作，鼻子下的青茬子收了一茬又一茬。这不三十岁出头的人了，城里的姑娘见遍了，也没扭捏得从我背后撒了衣服角走出来。无奈，只好降低条件，回村里找后街，经常跑媒的珠婶子在农村给找一个大学生。

胜巧照见我，远远地下车，摇着车座上的肉嘟嘟说："快，快叫姨奶奶。"指指我儿子说道："看你大伯多有出息，上了那么大的学，又文明又洋气，不像你爹和你叔，升上初中没一年就双双被学校开除。气得我见天指着鼻子骂这对儿贼子。没长上学的脑袋，长了干活的身架，回来就把俩兔崽子撂建筑队上搬砖和泥。”

胜巧仰着头“咯咯”笑了一阵说，俩王八犊子懒，不愿卖力气，这才动脑子想办法，弟兄俩琢磨着搞了个建筑队。我告诉他们，你爹走路踩不死蚂蚁，你们谁也别指望他。你们自己挣得钱自己修房盖屋娶媳妇，老子给不了你们铜帮铁底的日子。

“咯咯咯”，胜巧又一阵大笑，这一招真管用，房子盖好，媳妇娶家里了，如今我只管接送俩孙子上下学……

从小被我俯视的胜巧突然变大、变大，再变大，我不得不仰视她了。

病　态

早晨，“骆驼”安子骑自行车上班时，忽然觉得胸口憋闷得慌。他赶紧用他那条“骆驼”长腿加快车速赶到单位，打来一壶热水，沏上一杯热茶，喝几口压了压，不一会儿就觉得好些，又过一会儿就没事儿了。

中午一下班，安子便匆匆忙忙地赶回家，给上中学的儿子做饭、给在县城大街上开了一日杂小门脸儿的妻子送饭。等安顿好这娘俩，安子坐在饭桌上准备吃饭时，觉得胸口和早上上班时一样憋闷得慌。他赶紧倒来一杯热水压了两口，过了一会儿，觉得不见好，他又压了两口，再过一会儿，还是不行。安子有点慌神，心想：别是心脏病，那家伙可来得快，说“走”可是眨巴眼儿的工夫。他亲眼见他们科室的老马，心脏病发作，一头栽在地上，没进医院的门儿，就与妻儿阴阳两隔了。

不行，我还不能死，安子想：我不能和老马相比，他儿子已经大学毕业安排好了工作，他妻子又是正式工，每个月有两千元的工资；我儿子马上要上大学，妻子又没有工作，刚开的那个小卖点儿，又赶上今年的金融危机，能不能挣出个房价还是事儿，养儿子是指望不上。一家的生活开销、儿子上大学的钱，几乎全靠自己这点儿“俸禄”，自己要是像老马那样……安子不敢往下想，不由得有些伤感：唉！我安子这一生虽没做那膀大腰圆的阔老板、大经理，挣得盆儿满钵儿溢的，可只要有我这只枯瘦如柴的“骆驼”在，他娘俩的日子还能将就着往前走，儿子也能勉强上个大学。如果没了我……我那苦命的妻儿……安子想不下去了，仿佛自己真的病入膏肓，事不宜迟，安子立即决定上医院。

到了内科门诊，安子恐慌不安地坐在医生对面。

医生，我觉得胸口憋闷得慌。安子说着，扒开上衣露出鲜明的“排骨”。

正在那儿用牙签挑牙的医生，转脸冲身后“噗噗”吐上几口后，转脸从那圆圆的“二饼”后头射出一道冷光，上下打量一会儿“骆驼”安子，用那酒精刚泡过的醉嗓音说道：今年多大？话音未落，一股酒臭的“恶浪”卷向安子，使安子打个趔趄。

“属狗的，今年虚岁四十。”安子使劲咽下胃中冲出的东西，憋出了两眼泪。

“咯——咯……”医生打了两个饱嗝。此时，安子已被“恶浪”重重包围，安子胸口憋闷得更狠了，几乎要窒息。

“喝酒吗?”医生有气无力地问。

“不喝酒。”安子十分紧张地答。

“抽烟吗?”医生不屑一顾地问。

“不抽烟。”安子忧心忡忡地答。

那……医生用眼角的余光上下打量一会儿安子：那一定打麻将喽？

安子低下头不好意思地使劲搓着两手：我哪有那份儿闲钱。

“那在这儿‘唱——歌——’的事儿，我就不问你了。”医生眯着“二饼”后的鼠目眼，用手捂住嘴巴嬉皮笑脸的，冲对面的女医生悄悄地说。

安子脸上一阵燥红……

医生转身冲着安子用力点点头。你可真是一条好狗，一条正宗的看家狗。安子觉得医生眼中放出了鄙夷的光。

医生高高举起双臂，用力地伸了伸懒腰，然后拿出听诊器，象征性地在安子的“排骨”上移动了几下，便收起来听诊器。

“医生我是啥病?”安子担心地问道。

“唉——”医生长长地叹了一口气。

怎么了医生？安子看着医生的表情，吓出了一身冷汗：“我是不是病得很严重?”

医生摇摇头，继而又点点头，像对安子说，又像自言自语：不喝酒、不抽烟、不玩儿牌、不找女人，你不是男人，你病得不轻，回家等死吧……医生还在那儿自言自语。

安子带着一头的雾水赶紧冲出了“恶浪”。安子觉得自己仿佛已进入了病态，更加诚惶诚恐……

几天后，安子在县报上看到一则消息：县医院某医生，和几位朋友中午在酒桌上“烟酒”过后，下午打麻将赢了近万元，晚上在一歌厅暴死在一小姐的床上……

奇怪的是，“骆驼”安子看完这则消息，在以后的日子里，胸口再也没有憋闷过。

邻居胖妹

搬家到新的小区，首先认识的是胖妹。不只是我们是一墙之隔的邻居，还有，我们都拥有一个“胖”字，更使我们投缘的是，我们都好“磨”，而且都能“磨”，周末，如果没要紧的事，我俩在一起天南海北，家长里短“磨”就是半天。

在一个不是周末的中午，吃完饭正准备午休，突然门铃响了。打开门一看，是胖妹来了。

“姐，我得给你说件事。”胖妹人还没进来，喘着粗气的话儿早冲进了屋。“俺知道你一会儿还得去学校，俺知道现在来得打扰你的休息，可这件事不说不行。”胖妹的话使我一惊，赶紧催促道：“妹，你说。”

“姐，你上班的时候，把门上的锁锁三道吧！”胖妹脸色很紧张地说：“咱们小区进小偷了。”

“啊！谁家被盗了？”

“俺家。”

丢啥贵重东西了吗？

胖妹“咕咚”咽口唾沫，说：“狗日的没偷成。”我悬着的心才松口气。胖妹说：“姐这事儿一句话半句话说不清，我得坐下慢慢给你说。”听了胖妹说被盗，我就跟着紧张，竟然忘了让座。

胖妹坐下后长长舒一口气说：“事情是这样的，姐，今天上午我送孩子上学，回到家里，刚坐到客厅的沙发上不一会儿，就听见我们家的门锁在响，是用钥匙开门的声音。我想俺家老头跑车在外，俩孩子都上学走了，咋能有开锁的音儿呢？莫不是俺老头冒不响地回来了？我坐在沙发上没动。”

“哎？有个工夫了，门咋还没打开呀？”胖妹猛地从沙发上站起来，疾步跨到门口，比画着：“我猛地就把门打开了。”说着，就开始表演情景模式，真的把我们家的门打开了。我也紧随其后来到门口。胖妹回过身来问我：“姐，你猜猜门口站着的是谁呀？”

见我一脸的茫然，胖妹带上房门，一把拽住我的胳膊，我们一起又回坐到沙发上。胖妹俩手一拍说道：“就是一男一女俩贼子。”

“啊？你逮着啦？”这回轮着我吃惊了。

“没，姐，瞧你这傻妹子，我压根儿没想到看着挺文明的人会是小偷。”胖妹俩手一上一下拍了个响掌：“我还问人家找谁？人家说住三楼，开错门了。我也没深想，带上门转身进屋。转到阳台上，还看到院里停着一辆白色的面包车。”

胖妹又站了起来：“我在屋里玩转了俩圈儿也没想明白。”胖妹把眉头拧成了疙瘩：“姐，你说，他家住三楼，能在一楼就开门？那才上几节楼梯？就到三楼啦？我忽然觉得不对劲儿，拔腿就往物业部跑。物业说，俺那单元三楼还没搬进来呢。我回过味儿，再找那辆白色面包车，早没影了。”

胖妹回转身一屁股墩在沙发上，呼地喘口气：“姐，你说是不是得提高警惕？”

“铃铃铃……”这时胖妹的手机响了。胖妹看看我们家的表惊呼：“呀？一点四十啦？我还没给俩孩子做饭呢，接回孩子我就把咱俩楼道住着的户，挨门挨户地串了一遍，你是最后一户。”

胖妹一手接电话，一手给我做“拜拜”状：“孩儿呀，妈知道该往学校走了，妈知道。妈不是没顾上做饭吗？你俩饿就一人拿袋方便面，拿袋奶路上吃，妈这就回去送你们上学……”

借　书

春困秋乏夏打盹儿，这话一点不假。秀芝昨晚日头刚撂山头就钻进被窝，今早日头拍打窗棂子了才起身。可这刚刚二八晌午，又开始犯困，迷迷糊糊地打起了盹儿。

蒙眬中她看见自己的男人披着那件黑颊褂子，夹肢窝夹一瓶子，趿拉着鞋一窜一窜进屋就叫："秀芝快起来，看我给你带啥了！"秀芝看得真真的，那是一瓶棉花子油。秀芝脸一红说："你是俺肚里的虫呀？俺想啥你来啥。俺这两天肚里寡得很，好多天肚里没进油水了。"

秀芝想坐起来，可她头昏昏的，眼皮也睁不开。男人笑了，媳妇别动了，我给你油炸窝窝头改善一下，顺便把儿子也犒劳一下。秀芝抿嘴笑了，脸颊一阵发烫，双手抱住自己肚里的儿子。

秀芝知道男人是个大孝子，生产队按人头分得那点儿棉花子油，还不够多病的公婆、年幼的弟妹们吃呢。尽管她害喜厉害，肚里像长了馋虫一样，每次闻到婆婆炒菜的油香味，恨不得来个饿虎扑食，三呼噜两划拉，把饭菜搓进肚里。可她知道，上有老、下有小，轮不到自己张嘴，实在憋不住了，她就抓起一个紫茄子，掳上一根长脖葱，钻进自己小屋，闭住眼，一阵狼吞虎咽，压住了猫抓心似的饥饿……

男人看在眼里，急在拳头，把山墙拍得嘎嘎响。"啥世道？成片成片的棉花种着，小山似的棉籽堆着，油坊里的碾子，连明彻夜咣当当、咣当当不知疲倦地转着，咱庄稼主愣是没油吃？"

"啥模范？啥先进？五天县里一大查，七天公社一小查，每次来都要到支书家去吃饭。"

男人在油坊干活最清楚，每次县里、公社来人，油坊里的油，就会大桶小桶往支书家运，检查团强盗似的吃圆了肚皮还不空手。余下的油可肥了支书家的胖娘们，三天两头炸油饼子吃。他们家的刷锅水就比别人家的饭菜油水多，就连他们家圈里猪的毛也比别人家的油光滑溜。

哇！好香啊！秀芝看见男人端来的，黄灿灿、油嘟嘟的一碗炸窝窝头。秀芝那个饿呀！肚里被抽空似的。她扑上前大嘴二狼地吃起来，真解馋！秀芝冲男人笑笑，再看看鼓起的肚皮。

她知道男人很本分，要不是心疼肚里的儿子，打死他也不会拿家里一个醋瓶子，放在不为人知的角落里，每次他们在油坊加夜班，黑夜里要加顿饭，油炸饼子。男人每次都是最后一个去拿，一怕掉油点子为名，自己端着盆子吃。趁人不注意悄悄地把盆底渗下的油倒进自己准备好的瓶子里……

秀芝拿起一块油炸窝头往男人嘴里送去，嗖的一下，男人不见了，秀芝猛地坐起来，大口大口喘着粗气，原来自己做了个梦。男人早在儿子十五岁那年，给队上下井修泵，因缺氧窒息，被救上身子青了半截子，撇下了她们母子，驾鹤西游去了。

可秀芝吸吸鼻子，那香气还在呀？看看灶台的菜锅里，哪有半点儿油腥子，自己的油罐子早干半个月了。秀芝给儿媳妇要，儿媳妇甩着脸子说："我哪有钱买？你又不是不知道，家里刚盖了房，你孙子上学还得花，忍忍吧，等你儿子打工挣回来钱给你买吧。"

秀芝再吸吸鼻子，一股饭菜的香气涌入鼻孔。秀芝想想是从隔壁儿子新盖的二层小洋楼里飘来的。儿子西厦房天窗正冲着自己低矮窝棚的窗口，香气充满了她的整个屋子。

秀芝正纳闷呢，在乡中上学，十天半月才回家一次的孙子小顺子雀跃着冲了进来。"奶奶、奶奶我妈给我炖肉菜了，走，你也过去吃吧！"秀芝忽然就想起儿媳妇甩的脸子，笑笑说，"好孩子，你吃吧，奶奶不吃，怕消化不动哩。"

小顺子把嘴一噘，奶奶老师说了："香九龄，能温席。孝于亲，所当执。你不吃我怎么能吃呢?”

秀芝吃完饭心里想，得见见这位好老师，刚刚上中学就能教育出这么好的孩子。

秀芝摸索着找到孙子的学校。找到校长，要他表扬一下这位老师。

校长笑笑说，“香九龄，能温席。孝于亲，所当执”，这句话是一本书上说的。

秀芝很惊讶：“哪本书这么好？能让孩子变得懂孝道？校长你给我一本吧?”

校长说：“我们学校的学生每人一本，你孙子已经有了。”

秀芝一挥手说道：“我再要一本，回家给我儿媳妇看看……”

良 知

儿子争气地考上了我所理想的一所大学，心潮澎湃、激动万分。儿子终于圆了我的大学梦，就是砸锅卖铁也要供儿子读大学。

可想想不争气的老公，心里就像泄了气的皮球——软软的。唉！那挣不了仨瓜俩枣的老公却仗着吃皇粮，干着公家差事，天天摆个臭架子，衣服得穿有角有棱的、皮鞋得锃光瓦亮的、茶叶百元朝上的、手机智能触屏的，加上爱面子常和朋友喝喝小酒、偶尔还瞒着我玩儿个小麻将，就他自己挣的那几张毛爷爷啊，够他自己缠绞就不赖了，供儿子上大学也别指望他了。

敛吧敛吧我几年打短工、做保姆攒下的钱，又跑回娘家给哥嫂借了点，盘下来一个小门面，凭着我这几年在城里做保姆，向人家学做的几样饭菜，开了一个小饭店。起初顾客少，我自己既是老板又是大厨外加服务员。由于我的饭菜经济实惠、符合大众口味，渐渐地人多了起来，我一个人有点力不从心，于是，找来我的当年闺密冬秀帮我做服务生。

我和冬秀一起上的小学、初中、高中，又一起名落孙山，一起回家修理地球。一起进的理发馆、一样的发型，就连过年买的衣服也是一模一样，我们成了无话不说的好朋友。可是，就在冬秀即将出嫁那年冬天，她的爹娘突然中煤气双双身亡。这一晴天霹雳击垮了冬秀，她扑倒在爹娘的灵棚里，浑浑噩噩、不吃不喝哭诉了三天三夜，送走了父母双亲，冬秀大病一场，高烧不退，整夜胡话连篇。一会儿说她爹回来了，坐在堂桌旁的椅子上抽烟呢；一会儿又说她娘回来了，在厦子给她包饺子呢；一会儿又说爹娘一起飞到画上了，贴在墙上要一直看着她。弄得一直陪着她的我头发根子直往起竖，亏了我不信鬼神，才能坚持陪她一星期。

在药物作用下，第七天头上，冬秀终于清醒了，知道我这几天一直陪着她，一头扎在我的怀里，泣不成声地说：“在这个世上，我没有亲人了，你就是我最亲的人！”说完我们俩抱在一起哭成了一片汪洋。从此，我们俩的关系更加密切。

后来我们分别嫁到了不同的村庄，做人妻、为人母，苦心经营自己的小日子，来往逐渐减少。直到我饭店缺少人手，我才想起了冬秀，才知道冬秀的俩儿子都在上大学。

在两个老闺密的苦心经营下，饭店生意风起云涌、红红火火，不到两年不但还清了饥荒、攒够了儿子的学费，手头还有了点小积蓄。

怕弄脏了他的鞋袜，从来不进饭店帮忙的老公，见有了收益，破天荒地中午进店来帮忙了。这一天还真忙得脑袋拍屁股，冬秀的手机也较上劲了，不停地叫唤，冬秀草草说上几句挂断了，我知道冬秀肯定有事，傍晚时分就让她早走一步。

总算送走了最后一批客人，我坐下来结账，饭单和现金怎么也碰不够数，现金少了一千元钱。这么几年了，这是第一次出现差错。我第一时间想到了老公，想起他经常背着我打小麻将。怪不得今天来帮忙，原来是别有用心啊！你个死鬼，儿子上大学的钱指望不上你了，我拼死拼活为儿子攒学费，你倒好，把你自己的工资挥霍完了，来算计儿子的学费了。你站起来五尺高、躺下五尺长，堂堂五尺男儿竟做出如此龌龊之事，你妄做人夫、妄为人父。是可忍孰不可忍，我拿起电话一通破口大骂。管他那头如何发毒誓，我一百个不信，从此我把钱看得牢牢的，让他无从下手。

碍于面子，这件事我压在了舌头底下，没有向任何人提起过。

一晃儿子早已毕业，工作，结婚生子了。我们的小饭店也转租出去两三年了，转眼好几年没见着冬秀了。

突然有一天冬秀打电话说要见我，还说要给我说件事。

见了面，冬秀二话不说，抓出一沓钱塞进我怀里，低着头嘤嘤地说："那年开饭店时，我从你钱匣子里拿了一千元，尽管你不知道，可我这几年良心过不去，老觉得天上有双眼在看着我，我躲到哪里都躲不过。我必须还给你，不然我将无法释怀。"说完抓起电瓶车，逃也似的奔走了。

望望远去的冬秀，看看满怀我为之奋斗了多年的毛爷爷，我突然想起了老公当年的毒誓……

孝心永恒

在槐阳福镇有一个医生，四邻八乡谁有个大病小灾的都来找他，把脉相，观舌苔，研磨，提笔开方子，多则五副少则三副，药到病除。他的医术不胫而走，近则三里五乡、远则三五十里，更有甚者千里迢迢慕名而来。每天找他看病的人把家门口堵得水泄不通。

这一日，医生在老家跟弟弟居住的老娘生病了，两肋饱胀，茶不思饭不想，顿时面色苍白，二目无光，医生的弟弟见状惊慌失措，赶紧背起老娘奔县城来哥哥这里看病。

医生看见老娘面如土色、精神恍惚，赶紧给老娘把脉搏、观眼神、查舌苔，就差提笔开方子了，医生却摇摇头，一副无奈的样子。弟弟见状一下子暴跳如雷：“咋的？成千上万的人你都能治好，自己的亲娘老子你摇头了，啥意思？”老娘抓药的银子我一两也不少你的，赶快提笔开方子！

医生见自己兄弟误解了自己，不急也不躁，柔声细语地给他弟弟解释：“咱娘得的是怪病，你哥哥确实医治不了，怪你哥哥无能啊！”弟弟怒视哥哥一眼，抓起一条板凳就要砸哥哥的牌子，母亲和众患者拦了下来。弟弟背起母亲甩下一句话出门了：“你不治我找别的郎中去，不信没有人能治好娘的病！”

弟弟背着老母亲一个郎中一个郎中地找，一连找了十几个，个个脑袋摇得像拨浪鼓，都说是个怪病，无药可医。母亲这时才说：“儿啊！看来娘得的确实是怪病，是不治之症，咱们错怪你哥哥了。”弟弟不服，背起老娘直奔深山。不信这个邪，天底下没有比哥哥高明的医生。

经过数十里的长途跋涉，老母亲体力不支，险些晕厥在儿子的背上。母子二人来到半山腰的一户农家门前，看看奄奄一息的老母亲，儿子只好叩门，来给母亲讨点吃的。可是谁知这一户也是穷得叮当响，几乎揭不开锅，寻遍角角落落也没能找出一点吃的东西。这家主人看到老人家快不行了，就说撞撞运气吧。“我们家还有一只乌鸡，不过好几天才下一个蛋，你们看看鸡窝里有没有鸡蛋。”儿子大步流星奔过去，“呀！还真有一个鸡蛋，”儿子双手捧起鸡蛋，举过头顶向天就是一拜，大声说，“老天开眼，俺娘有救啦！”儿子赶紧点火把鸡蛋煮熟给母亲吃了。

儿子求医心切，不敢久待，道谢了主人，背起老娘又往山上走去，他决心要找到能治好老娘怪病的郎中。

他们走啊走，走到山的深处，看到前面有一座庙，这时候母亲说刚才吃鸡蛋，现在口渴了，要儿子去庙里找点水喝。儿子边把母亲放到庙门前的一个石碑边休息。这时儿子发现，石碑的凹槽里有一汪水，水里还有两条小蛇在里边游玩，儿子双手合十，口中念叨：“您二位老人家挪挪身子，我娘口渴了，我要掬捧水，让她解解渴。”还真神了，两只小蛇果然游到了一边，儿子赶紧给母亲掬一捧水喝。过了半个时辰，老太太说，“儿啊，为娘肚子饿了，你到庙里讨点吃的吧？”儿子一听大吃一惊，“你说啥？母亲，您觉得饿了？肚子不胀了吗？就是说你的病好啦？”母亲含泪一一点头应允。

儿子从庙里讨了吃的，背起老娘下山了。

听说老娘的怪病好了，哥哥感到吃惊，过来问弟弟是怎么治好老娘的病的。弟弟就把这些日子的前前后后说了一遍，哥哥说：“这就对了，接下来母亲的病我能治了。之前我说不能治，是因为要有两个药引子——乌鸡双黄蛋和二龙嬉戏水，兄弟啊，你帮母亲找到了，你救了母亲啊！”

宋三国

宋三国在卖了他的第三辆出租车时，在县医院当院长的表哥终于给他找了一份工作——开120急救车。

宋三国玩儿了八年方向盘。十九岁高考跌入谷底。为了耳根子清净，一把火焚了所有的复习资料，断了爹妈的念想，也断了爹妈给自己设计的锦绣前程。

如今开急救车那跟玩儿似的。虽然工资不高，但是宋三国觉得满意。一则爹妈提溜了八年的心能稍微放松一下，因为他在人稠地窄的省会开车，爹妈担心他，整夜睡不好觉，天天晚上祈求他平安无事；二则他宋三国也是有了家室，马上要当爹的人了。顺从爹妈意、顺从岳父母意、顺从媳妇意，总归顺从民意，宋三国何乐而不为？

最让宋三国得意的是他开救护车的威风劲儿，是他开了七八年出租车所没有的。呜哇呜哇笛声一响，各路大神都要给他让路，一路畅通那个爽啊！嘿嘿！真是过瘾。

你红灯，红灯怎么啦？只要我笛声一响，就没你红灯的事儿了，一路畅通无阻，红灯你也拿我没办法。

开出租时，宋三国没少受红灯的气。开快了不小心闯了红灯，被警察扣车、罚款；开慢了，绿灯没赶上，被顾客埋怨，说自己故意的，想多收钱，你说受气不受气。

这一天，宋三国村里一个把兄弟的老娘过生日，让他过去，说哥几个好久没见，借此机会热闹热闹。

可偏偏那天，快中午了有个急病号。宋三国一路上风驰电掣，可安顿好病人已经十二点半了。几个弟兄催得快把他的电话打爆了，说都等他开席呢。

宋三国车门一开，油门儿一踩窜了出去，他恨不能长上翅膀飞。咦？坏了，前面红灯。真是的，烦啥来啥。宋三国灵机一动计上心来，他按响了笛声。你别说，还真灵，所有车辆都给他让路。不仅仅是这个路口，每个路口都是如此，当时正赶上是他们村的大集，买的卖的都是他的乡亲，看见宋三国开着救护车来了，都觉得他是拉病人，推车的、挪摊位的人们赶紧让路。半小时宋三国就到家了。宋三国那个兴奋啊，是他开出租车几年里没有的。

又一天，他的一个把兄弟儿子闹满月，这次虽然不急，宋三国看到又遇上他们村大集，街上的人密密麻麻。他又一次灵机一动按响了笛声。人们这次认为宋三国真的拉病人，赶紧又是推车子、挪架子，赶紧给他让路。宋三国顺顺当当进了把弟弟家门。

这一天二八晌午，宋三国接到家里电话，他即将临产的媳妇洗澡不慎摔了一跤，动了胎位马上临产。

宋三国一听，火急火燎地驾车一路鸣笛往回赶。今天他们村又是大集日，宋三国胸有成竹的往人堆里扎，他知道人们三下五除二就会给他让开路的。

咦？今天怪了，人们都聋了似的，这么刺耳的笛声他们听不见，该买的买，该卖的卖，拿他当空气。宋三国一下子火了，滴滴滴发威似的大声按着汽车喇叭，仍无济于事。宋三国脑袋都大了，摇下车门玻璃，一脸哭腔叫着，大家快让开，真有急诊，真有急诊啊！

宋三国急得抓耳挠腮，可人们商量了似的，没一个人抬头看他一眼。宋三国急得眼泪都下来了，跳下车拽上身边一个卖衣服的大嫂高叫着，求你了，让开路，我媳妇要生孩子了。大嫂把脸一仰说道：“谁知道是你媳妇生孩子呢？还是谁家孩子闹满月你去喝酒去呢？”

“就是嘛，要不就是谁家老娘又过生日呢。”不知道谁高声说道。

“是他媳妇要生孩了了，大家让让路吧。”是宋三国的娘来了，说着，老人跪在了街头，“他犯的错日后俺叫他改，现在是人命关天，大家就看在我老婆子面子上让开吧。”

哗啦啦瞬间一条通路直通宋三国家门口。宋三国在众乡亲七手八脚帮衬下，把他媳妇抬上车时，冲着父老乡亲双膝下跪说了声谢谢。

离开村子时，宋三国没有再打开笛……

心中那朵云

猛子把到亲戚朋友家借来的三万元交给老婆，明天就是儿子结婚下对月帖子的日子，女方要三万元彩礼。老婆擦眼抹泪嚷要的多，猛子想起儿媳妇云，那可是三里五乡的美人坯子，多少大户人家争着抢着到她家提亲，要不是猛子明智，让儿子学开车，到乡政府当司机，云才看不上儿子。想想云，猛子就不觉得三万元多了。

猛子在建筑队干了多年，已经挣下十万元，觉得自己肥妞妞的。可他的四邻都盖起了新房，把地基盖地那个高啊，猛子家流不出去，一下雨猛子家就成鸭子窝了。他只好把自己盖得铜帮铁底的家彻底翻盖，盖房、装修、给儿子买家具，猛子手里的钱就成负数了。

猛子来到儿子新房，看见一只小鸟飞进了屋。猛子打开窗户，拿起笤帚挥舞，想把这位不速之客赶快请走，免得它留下点儿什么。小鸟儿旋风似的盘旋屋顶，就是看不到窗户。猛子大声骂，瞎眼畜生。骂声刚停，小鸟也停下了，停在儿子粉嘟嘟窗帘上，猛子挥舞着扫把用力跳起，小鸟被扣出窗外，却在窗帘上留下了狼藉。

猛子搬来爬凳，爬上去清理，气急败坏地骂一声“狗杂种”，他和爬凳都被气到了，重重地砸向地面。

猛子不怕，他是被摔大的。小时候上树捣鸟窝，树枝折了，从十几米高处摔下，弄一嘴啃地，就是小嘴肿了三天，别处没事。还有一次逮野兔，掉到废旧空井里，腿上划一尺长口子，骨头愣是没事。这才多高呀，一准儿没事，他用力爬起。哎呀哦！娘唉！腿钻心疼，猛子爬不起来了。这时猛子才想起，那年他十五，如今他五十，整调一个儿。

妻儿送他到医院，拍片子，结果出来——盆骨碎裂，胯骨骨折，医生建议尽快到省城手术，手术费最少三万元。

猛子心头一震，咋这一摔这么贵，得三万元，加上儿子结婚借的饥荒，我最少负六万元。

猛子开始缠着医生，问了一连串假如。

“假如在县医院做，请来省里专家，得花多少钱?”“两万五。”医生告他。

“假如请市里专家，得花多少?”“两万。”

“假如就咱县医生做，得花多少?”医生一摇头，做不了。

那……猛子缩紧了眉头。

“医生，”猛子咬着牙，“不手术保守治疗行不?”

“这……说不好，怕落后遗症。”

“啥后遗症?”你就说吧，往狠里说，“踮脚还是瘸子? 俺都五十了，踮就踮瘸就瘸，怕他个头。”

“那倒不是最严重的，”医生举起他的片子，“怕以后股骨头坏死。不过，这个比例占得不高。”

“假如股骨头坏死会咋样?”“腿疼呀，”医生手掌抱拳，拳头来回转动，模仿胯骨转轴，“股骨头坏了，一转还能不疼吗?”

猛子低下了头，思忖半天。可此刻他又想起了云。

这次受伤自己肯定不能再卖苦力了，负六万元包袱甩给儿子、云? 猛子摇摇头，心想不能失去那朵云。

猛子接受了保守治疗，他愿意瘸着腿受着疼，却不愿意在已有的负数上再做加法，然后留给云。

云的喜日子到了，外面吹吹打打、喜气冲天。猛子躺在床上盯着天花板，心了却想着外面那朵云，想着好起来后咋样去掉那个负数，给云一片晴朗的天空，给云一抹火红的暖阳。他要留住这朵云，为儿子、为这个家。

要拜天地了，老婆子欢快地涌进来。拽起猛子说要他到外面看看儿子婚礼的场面。猛子不去。老婆就说：“儿子一生就这一回，过这村儿没这店儿。”猛子拗不过老婆，就拄着拐杖慢慢挪到跟前儿。

猛子顺眼望去，洁白的婚纱里一张粉嘟嘟的秀脸，好一朵云呀！猛子不敢再感叹了，那些好词他不能出口。没出息的公爹，猛子心里骂自己，嘴巴却咧到了后脑勺。

婚礼刚刚开始，儿子从云手里接过一存折，走到他面前：“爹，这是云那三万元彩礼钱，存你名下了。你的情况云都知道了，明天到省城做手术吧。”说完儿子搀着云，双双跪下齐声叫着——爹！

猛子眼前的这朵云，越变越大、越变优美，渐渐地变成了一团白雾……

心仪白马

女孩叫笑笑，名字是她还没出生爹妈就一块起好的。

那时爹妈还不知道孩子是男孩还是女孩。无论男孩女孩爹妈都希望孩子欢快。

笑笑出生在这样的一个家庭里，却使她一生没能笑起来。

爹爹天生双眼无珠，一生不知道啥是赤橙黄绿。人们就在他的名前加一瞎字——叫他瞎奇。

妈妈虽然身体健康、双目明亮，可偏偏长一双畸形的手。人家手上长有五指，可笑笑妈妈手上却分不清有几个手指，不对，她手上的不能叫手指，只是在手掌上长出几个花生豆儿大小的肉蛋蛋。人们都不叫她名字，都叫她骨爪儿。

尽管爹妈给笑笑起好了名字，可人们还是会叫她瞎奇的闺女或骨爪儿的闺女，为此笑笑很是恼怒，自打懂事起家里外头笑笑从来没有扬起过笑脸。

转眼笑笑该上中学了，笑笑要到县城上，那里认识她的人少。笑笑想彻底改变这可恶、郁闷的环境，想让人们都叫她笑笑，她多么渴望像自己爹妈给她气的名字一样，把灿烂的笑容挂在脸上。

进入中学后，笑笑那聪明、活泼、可爱的天性像伏天的山洪一样瞬间暴发。

老师喜欢她让她当了班长。笑笑尽职尽责，笑笑像呵护自己的生命一样呵护着自己班里的每一位同学。

女同学喜欢她，把她称作姐妹，知心的话儿成嘟噜成串儿地流露给她。

糟糕的是，这时班里的一位名叫大壮的男生也喜欢上了她。

糟糕就糟糕在这大壮的爸爸是一位局长。大壮是局长家三代单传的独苗儿，在家是要星星不给月亮。

喜欢上笑笑后，大壮就猛追狠追。起初笑笑不理他，这下可恼怒了大壮，此时大壮觉得笑笑就是他们家的物件，他想要就一定要到手。大壮不停地变换手法儿，今儿塞给笑笑一块手表，明儿又塞给几块巧克力，不几天这东西可就变成了一封封热得烫手的情书了。

笑笑的心门被烫开了，大壮风暴般地冲了进去，笑笑的心湖不再平静了。

笑笑走路想的是大壮，与学校的大树亲吻，头上留下了纪念。

笑笑吃饭想的是大壮，打饭回来与同学撞一满怀，滚烫的饭菜在她脚面上画一记号。

笑笑的眼里、笑笑的梦里、笑笑的心里、笑笑的魂里……到处都盛满了大壮。

正当笑笑的世界里全是大壮时，老师、校长、大壮妈妈找到了她。校长办公室里，大壮妈妈叉着腰，破口大骂："瞎奇的闺女、骨爪儿的闺女你听好了，你死了对我儿子的那条心吧，别说我就这一个儿子，就是儿子多得扔垃圾筐里，也不会要你，也不看看自己啥家庭?！我害怕遗传我孙子呢。"

下边的话就更难听了，笑笑没听清，笑笑觉得这时的天一下子黑了，还听到了隆隆的雷声。

当校长宣布让笑笑回家反思时，笑笑一头栽在炕上，迷迷瞪瞪就是三天三夜。

等笑笑醒来后，笑笑管谁都叫大壮，她爹、她妈还有来看她的老师、同学，叫得他们个个都是泪流满面。

爹妈告诉笑笑他们不是大壮。笑笑就开始往外跑了，她说要到城里找大壮，吃巧克力。

爹妈追不上，就找亲戚朋友追，几天后亲戚朋友在一块儿玉米地里，找到了奄奄一息的笑笑。几个庄稼汉子见壮泪声一片，湿醉了周围的庄稼。

爹妈没法儿，就把笑笑关进屋里，笑笑就像笼中的老虎上蹿下跳，哭闹着要找大壮吃巧克力，被撞得头破血流，惨不忍睹。

爹妈不忍心这样，就在自己的院子里挖一地窖，把笑笑一丝不挂地放在里头，任她拉尿方便。跑不出去的笑笑就用手抓自己的脸。爹妈只好用铁链拴住她的两臂，挂在横在窖口儿的木桩上。

被束缚了的笑笑，无能为力。笑笑就开始背诵大壮写给她的情书，大声地、没日没夜地背诵，直到筋疲力尽。

情书字字话语敲打着爹妈的心。

看看家徒四壁，爹妈就放出话儿，谁要是能治好笑笑的病，他们就把笑笑嫁给他。

闻信儿，倒是来了几个难找对象的主儿，可人家一看笑笑一会儿见人就叫大壮，一会儿又背情书，掉头就走。留下话——陷得太深，无药可救。

本村身上背一“锅儿”，走路一条腿长、一条腿短的刘建华——人称老歪华来了。蹲在地窖口上说：“笑笑我是刘建华，小时候我们一起玩儿过过家家，记得不？那时你是妈我是爹。现在咱们还过家家行不?”

笑笑仰头对他嘻嘻一笑：“大壮我吃巧克力。”说完又背起了情书。

老歪华见笑笑有笑容，就去抓笑笑的手，想和笑笑沟通，谁知刚一碰笑笑的手，就被笑笑一口叼住手背。老歪华连哭带叫、连抓带挠，总算“虎口脱险”，甩着血肉模糊的手逃之夭夭。

见壮笑笑爹妈一夜间霜染白发。

又一日，邻村的刘媒婆领来一三十岁男子，是一煤矿职工，从小丧父，家有一瘫痪老母。虽然家境不好，可他挖煤能挣钱，答应治好笑笑的病。

媒婆、笑笑妈、男子蹲在地窖口。笑笑情书背累了，正闭目养神。

妈妈轻声唤一声笑笑，“你刘婶儿找人搭救你来了……”话音未落，泪湿衣襟。

笑笑紧闭双眼，面无表情。

刘婶儿拍一下男子：“大壮你看中不？”满脸期待。

笑笑猛张双眼，惊叫：“大壮？大壮，大壮，我吃巧克力。”笑笑向男子投去温柔的笑容。

男子疑惑：“笑笑咋知我叫大壮？”

媒婆惊喜！忙拍大腿，从怀中抓出随身带的冰糖，让大壮给笑笑。

笑笑羊羔一样温顺地吃着大壮给的冰糖，还不时地冲大壮笑一笑。

不久，这个叫大壮的男人娶走了笑笑。

笑笑找到了她心仪的白马。

那一天笑笑刚好十五岁……

跳跃在谷穗上的锣声

香香像一条搁浅的鱼，平躺在西厢房的土炕上喘着粗气。香香脑袋大得像大菜瓜，眼睛挤成一条缝儿，用好大的力，也张不开。

咣咣——远处的田野里传来了几声闷沉的锣声，香香一下子张大眼睛，在传出的粗气中渐渐地凝成一个人名——弓子。

炕边上的香香娘，一边给香香扑拉着胸脯，一边交抹着眼泪，她心里都明白，那锣声是那野牛似的弓子敲的，那声音似空中的闷雷滚动，让人恐慌不安，又像山崩地裂，给人以绝望。

香香在一岁多的时候得了肾病，经过一段治疗后，医生要她忌嘴，不吃辛辣东西少吃盐。小时候香香的娘严格控制她，常常给她起小灶，为了使她少吃盐。长大后香香就记不住嘴了，常常趁她娘下地去了，偷偷跑回家往窝头里抓点儿盐倒上点儿香油，跑到村外麦场边美滋滋地偷吃。嘴是解馋了，病情加重了。

到女大十八变时，香香个头不足一米四，腰围却足有二尺半，完全一水缸，稍一活动就会呼哧呼哧地喘粗气，把嘴唇憋得紫茄子似的。

香香有病没有上学，我们放学时，她定会出现在我们回家的路上，喘着粗气非要和我们一起玩踢毽子、丢沙包，我们都不愿意和她玩儿，她喘出的粗气中常常带着臭蒜味儿，比茅坑里的屎还难闻，她是经常记不住嘴。

见我们都不给她玩儿，她就给我们使坏，用脚踩住我们的毽子、抓我们丢过去的沙包，气得我们一把搡她一跟头。她哭的时候更吓人，一口气上不来，嘴唇儿更像紫茄子，吓得我们也顾不得找毽子和沙包，一下全散了。

香香娘拿她没办法，就去央求队长给香香找一些活干，说给不给工分不要紧，为的是占住她的人。队长左想右想，终于在秋头上给香香找了一些活儿。拿一面锣在即将成熟的谷地边来回地敲，不让贪嘴的家雀儿祸害谷子，每天给她三分的工分。

香香干半天就不干了，嫌丢人，锣声一响，家雀儿是跑了，可人们的目光全聚来了，个个脸上还带着鄙夷的笑容，目光和笑容使香香觉得更加低人一等。

香香娘好话说了三箩筐，香香才勉强同意。只是锣声敲得像气若游丝病夫，响了这声没那声儿，让贪嘴的家雀常常钻空子。

队长找来在牲口棚填料的比她年长两岁，脊背上长一“驼峰”的弓子和她竞争，说要是弓子敲得好就让弓子敲，让香香到牲口棚给牲口填料。这下可治住了香香，因为香香打小就害怕牲口，每当有牲口路过时，香香必会躲得老远。

弓子由于身上的驼峰，做人很低调，就像他常给填料那头黄牛，整天闷头干活。

弓子拿面锣在谷地的南边“咣咣”地用力敲着。

香香也不示弱，拿面锣在谷地的北面“咣咣”地也敲着。

弓子咣敲一下。

香香一准儿会咣地回一下。

弓子再敲一下。

香香就要敲两下。

弓子不紧不慢咣地又敲一下。

香香就会举起锣咣咣咣地敲三下。

咣，咣。咣，咣咣。咣，咣咣咣。

弓子锣声匀称。

香香急如狗屁。

第二年谷子上子时，人们谁也没有发现，锣声不再是一南一北，而是两面锣一会儿在南，一会儿在北。更没有人听得出锣声中多了许多嘻嘻哈哈的笑声。

当我在弓子手中发现我丢失了好几天的那块红手绢儿时，就急着扑向弓子去夺手绢儿。香香这时站出来，用她那水缸似的身子挡着弓子，大声说手绢儿是她的。“那才不会的，这手绢儿是绣花的，是城里的姑姑送我的。”香香没出过村子，哪能买这么好看的手绢儿。前几天晌午，我是用问口皂荚树上的皂荚细细洗过，就晒在墙头边的枣树枝上，墙头那边就是香香的家，一定是风把手绢儿刮到她家了。

我和香香越吵越凶，招来了许多大人，也招来了香香的娘。明白真相后的香香娘，从香香紧攥的拳头中拽出那块儿红手绢儿甩给我，脸一阵红一阵白，揪住香香一把掳回了家。

墙头那边传出香香和她娘的吵架声：“就算你拾的手绢，咋会在弓子手里？告诉你，不能和弓子有想法，弓子是你叔。”

“是叔也是八竿子棒不着的叔，早出五服了。”香香喘着粗气吼着。

那也不能乱了辈分儿。香香娘压住了香香的吼声。

呼哧呼哧……香香突然喘得厉害，整个脸颊变成了紫茄子，香香第一次晕了过去。

香香……香香大娘闻声儿赶了过来，一把抱住了香香。

香香……弓子站在了门口，欲进不敢。

香香平静地躺在西厢房的土炕上，炕边香香娘和大娘一遍一遍地叨叨着：“咋会这样？”

咣，咣。咣，咣咣。咣，咣咣咣。

谷地里弓子的锣声一声紧似一声，弓子力大如牛。

呼哧呼哧……

土炕上香香的喘息一下接着一下，香香气若游丝。

香香在锣声地召唤下，努力地张开双眼，那眼神儿转向大娘：“大娘，你……你替俺死了吧？地下有……大伯……俺还有……弓子……”

香香没有说完，身子突然一轻，竟飞了起来，应着锣声、迎着弓子，奔向跳跃在了谷穗上的锣声。

逃课的背后

周三上午放学的铃声刚刚响过，正在埋头写作业的赵阔突然拧着眉头走向讲台，一副痛苦不堪的样子说：“老师，我头疼，想请个假，下午在家休息半天。”

听说赵阔又头疼了，我的心猛地一揪，赵阔最近是怎么啦？老是头疼，几乎每个周三下午都要在家休息半天。赵阔是我们班的班长，学习优秀，班里的各项工作做得很好，是我这个班主任有力的小助手。好几个调皮捣蛋的学生，在他的帮助下进步很快。我怀疑，是不是班里的各项工作对他的压力太大了。

“赵阔，你好像头疼好长时间了，是不是班里的工作……”没等我说完，赵阔连连摆手说：“不是的老师，我这是老毛病了，休息半天就好了。”

“老这样不行的，看拖出大毛病来了，下午让你爸妈带你到医院检查一下吧。”我心疼地上前拍拍赵阔的肩膀，想给他一点儿安慰。

“嗯！”赵阔用力点点头，背上书包，走出了教室。

下午第一节是我的课，本来该往下讲新课的，看看赵阔的空位子，我改变了注意，决定还是等他一节课吧。等下课了，打个电话问问赵阔检查的情况。

周三下午的第二节课是我们学校召开的班主任例会，为了进一步搞好学生的德育教育，我们几个班主任围绕这个话题争论得喋喋不休，把赵阔的事给忘了。

等放学的铃声响起，我才突然想起这事儿。于是决定，还是骑车到他家一趟。

按照学生基本情况登记册上的地址，我很快就找到了赵阔的家，原来赵阔就住在离学校不远的三间小平房里。当我走近他家门时，才发现原来是铁将军把门。哦！是不是赵阔还没从医院回来。

当我转身准备离去的时候，猛然看到赵阔背着书包，愣愣地站在我身后，眼睛里流出吃惊的目光。

“赵阔！”我惊奇地叫着：“检查的结果怎样？你爸妈呢？”

“我……我……”赵阔的脸顿时憋成下蛋母鸡的脸，哼哧了半天也说不出一句囫囵话。

“赵阔，你装病逃课？”看看赵阔肩上的书包、看看赵阔一脸的疲惫相，我的声音提高了八度：“你在骗老师？你在逃课？”

“老师……没……没……”见我雷霆大怒，赵阔结结巴巴，欲言又止，一脸的无奈。

僵持几分钟后，我示意赵阔打开门，我觉得今天必须给赵阔谈谈，这孩子一定有啥难言之隐。

赵阔把我让进屋，倒上一杯水很有礼貌地递给我。这时我的火气已小了许多。于是压低声音说：“赵阔你今天下午到底干吗了？能告诉老师吗？”

赵阔低头不语。

“那好吧，我等你爸妈回来问他们吧。”我使一激将法。

“别……别……老师”赵阔果然中计低声说：“老师我告诉你，你能保证不告诉我爸爸妈妈吗？”

“我保证。”我用力点头，给赵阔以坚定的信心。

“我回老家陪奶奶了，”赵阔有些哽咽地说，“爸爸妈妈为了我能在城里读书，就来城里打工租房子给我陪读，家里就剩奶奶一个人了。奶奶好孤独，我想多陪陪奶奶。”

“那你为什么不等周末回家呢？”我满脸疑问地说。

“周末爸爸妈妈给我报了好几个辅导班，弹琴、画画，城里孩子学的，爸爸妈妈都让我学。”赵阔长长舒口气说：“爸爸妈妈把他们上大学、做城里人的希望都寄托在我的身上了。我不能辜负他们的期望。”

“奶奶那我放不下，爸妈的不容易我也心疼，”赵阔低下头唯唯诺诺地说，“奶奶老了不知哪天星期天……老师，我只有逃课了。”

原来如此。听得我鼻子酸酸的，眼前的赵阔变得模糊起来，十一岁的赵阔在我眼前突然变得比原来涨大了好几倍！肩膀骤然间宽厚起来！

天 意

彩莲是八十年代马庄村飞出的一只金凤凰。

她是庄上的第一位大学生，并且还是一位女大学生，这不光是她父母的骄傲，还是她们家族的骄傲。

后来，彩莲大学毕业分到县土管局工作，虽然只是一般的职员，可遇上谁家有个宅基地要批啥的，庄上的人自然就会想起她。彩莲也是一个热心肠的人，每每有乡亲们找她，她总会有求必应。尽管只是帮着找找人啥的，为乡亲们办了不少的好事。

一晃十几年过去了，彩莲凭着自己的能力和智慧，被提升为土管局的副局长，并且有了自己的专车。这下不光彩莲高兴，乡亲们的心里也乐开了花。因为，土里刨食的乡亲们，好像找到了救星，谁家的孩子结婚用车，就有了指望，彩莲也是土坷垃缝里长大的，她知道乡亲们的难处，只要庄上有人用车，彩莲一准答应。

每年的腊月是最忙的季节，三六九的好晌儿，几乎没有空着的，一来二去彩莲心里就有点烦，虽说是公家的车，可也不能天天那样。

又是腊月的一天，邻居旺子家的三小子娶媳妇又要用车。

一大早起来，彩莲看看天空，乌云密布，还不时地夹杂着小雪，彩莲心想：天不好，要不今天就别让司机去了，万一有点事儿，不好交代。

于是，彩莲拿出手机：旺子哥，哎呀！真是对不起，我们的车昨天出了点事儿，今天不能过去了。旺子哥说了些什么彩莲一句也没听见，她像做贼一样心虚。

挂了电话彩莲的心“怦怦”直跳，这是她第一次回绝乡亲们的祈求。

当彩莲心神不宁地坐在办公室时，突然手机响了，是秘书吴昊：“局长不好了，我们刚才在送材料回来的路上，不小心和一辆摩托车撞了。”彩莲的手机滑落在地上。

彩莲无力地脱口而出：“莫非这就是天意?”

消失的王晓楠

“我们班的王晓楠失踪啦!”下午到学刚刚走进办公室，我们班的班长栗小影气喘吁吁地跑进我的办公室。

“怎么会呢？上午不是还在吗?”我拉住栗小影问：“你听谁说的?”

“王晓楠的妈妈说的，她就在门外。”栗小影坚定地指指门口。

王晓楠的妈妈听到栗小影的话，推门进来了。王晓楠的妈妈快人快语，进门就说：“我知道这个死妮子好玩，中午放学没回家，我以为她到哪里玩了，想她可能晚点回来，可等了一中午，到现在也没个踪影，爷爷奶奶、姥姥姥爷家都找遍了，没有!”

我问班长栗小影，王晓楠是不是和班里的同学闹矛盾了。“对对对，”没等栗小影回话，王晓楠的妈妈抢先一步插话了，“我来学校就是想问问老师，王晓楠是和同学闹矛盾了？还是挨老师批评了?”

栗小影拧着眉头思索半天说：“王晓楠不爱和女生玩儿，爱扎男生堆，和男生玩儿，闹不了矛盾的。”

“最近也没有哪科的老师告她的状，不会受老师批的。”我也向王晓楠的妈妈解释。

“可不是这死妮子就是爱和男生玩儿，”王晓楠的妈妈接过来说道，“她打小在她姑姑家长大，她姑姑家俩小子，从小他们一起玩儿，就养成了半大小子的性格，在家我老骂她没个闺女样。”

“这可咋办呢?”王晓楠的妈妈在办公室转了三圈。

我赶紧安慰，让她别着急，回家再找找。我也到班里调查一下情况，如果到下午放学再找不到就报警。

送走王晓楠的妈妈，找来几位任课教师和几位班干部，大家一起回忆王晓楠最近的点点滴滴。大家的意见一致，王晓楠没有反常举动。没办法，大家只好各就其位。

王晓楠返校了。第二节一上课，班长栗小影拉着王晓楠来到我的办公室。只见王晓楠满头大汗，小脸蛋儿上五马六闹，睁一双疲倦的眼睛。

"王晓楠!"我向栗小影挥挥手，示意她回教室上课后，蹲到王晓楠面前拉起她的一双小手说："告诉老师，你是不是走了很远的路?"

王晓楠用力点点头，没有说话。

"那么，"我接着说，"你一定干了一件你很想干的事情，对吗?"

王晓楠又用力点点头，不同的是眼里噙满了泪花。

"这件事能告诉老师吗?"我掏出手绢擦了擦她脸上的汗水。也许是我的举动感染了王晓楠。"能!"王晓楠开口了："老师，对不起，我迟到了。本来可以赶得上的，倒霉，路上车子老掉链子。"

"你确实走了很远的路?"我站起来，把疲惫不堪的王晓楠按在办公椅子上坐下。

"是的，"王晓楠怯生生地说，"到我姑姑家去了。"

"到姑姑家有重要的事吗？干吗非得中午去?"我接着问。

"给姑姑洗脚，"王晓楠说着大滴的泪珠掉下来，"在家姐是姥姥的宝儿，弟是奶奶的宝儿，我是多余的，是姑姑从小把我养大，姑姑是我最亲的人。"

这时我才猛然想起，最近我们四（一）班搞了一次感恩活动——给你最亲的人洗脚。

我一把抱住了王晓楠潸然泪下……

突然，我觉得失踪的不是王晓楠而是人间真爱!

闵闵之心

闵闵是我许久以前教过的一名小学生，也是我教学生涯中教过的唯一的一名会说话的“哑巴”。在这一到六年级的六年中，闵闵给我说的话加起来也不过六句。闵闵上课从来没正眼看过黑板，任凭我怎样的启发、诱导，他的下巴上好像有块磁铁，那大头总是低得不能再低。无论提出怎样简单的问题，他都无力抬起那瘦弱的手臂；无论我怎样字正腔圆地领学生朗读课文，他那紧闭的双唇仍无力启动。课下同学们小鸟出笼似的飞向操场，可他却像身背重壳的蜗牛慢慢地爬出教室，身边没有一个同伴，他总是孤苦伶仃地蹲到操场边上那棵梧桐树下，一个人静静的，或观看蚂蚁，或用小木棍在地上画着只有他自己才知道的图画，有时候用一支同学丢弃的冰糕棍帮蚂蚁队搬搬食物，算是他的活动。

闵闵的心本是鲜活的，可闵闵的心却被他家的苞米皮包裹得严严实实，没有一点空隙，连空气也难入围，更何况阳光、雨露；闵闵的目光是鲜亮的，可鲜亮的目光总是下垂着，无有他那年龄段的机智与灵活；闵闵的命运本该带有幸运的光环，可那光环却失去了应有光彩。

闵闵是他家的独苗，并且是他两个光棍儿伯伯和他爸三股中唯一的一棵独苗。闵闵还是四川嫁接河北的“产物”。因为闵闵妈是四川人，中学毕业后带着少女纯真的梦幻，一心想走出大山、走出贫穷，跟叔父到外面的大世界里，闯一闯天下、干一番事业，不想却被黑心的叔父以五千元的价钱卖给了身在河北的、长自己好几岁的闵闵的爸。明白真相后闵闵妈，哭天喊地打闹着想奋力逃回去，无奈，闵闵的两个光棍儿伯伯日夜守候在门口轮流看管，无法脱身，后来闵闵妈在极度无奈和痛苦中发现自己已身怀有孕，闵闵妈像一只笼中的老虎，上蹿下跳一心想堕掉腹中的孽种。在一切办法都用过以后，闵闵妈痛苦的生下了闵闵。

闵闵是被妈妈的泪水泡大的。过早成熟的闵闵很小就知道了自己与众不同的身世，看看两个光棍大伯，再听听妈妈那满口四川音的叫自己“娃儿”，团团乌云遮住了闵闵心中的天日。那声音似铜钟，重创着闵闵幼小的心灵。听着伙伴们学着妈妈四川口音叫自己“娃儿，娃儿”，闵闵恨死了妈妈、恨死了四川。闵闵想，没有妈妈没有四川，自己就不会被伙伴们戏弄，更不会被伙伴们嘲笑。从此，闵闵就开始不和妈妈说话，不和小伙伴们说话，不和所有的人说话，闵闵走进了孤独的世界……

在这孤独的世界里，闵闵读完了小学升入了中学，同时也离开了我们的学校。

再次见到闵闵，是2008年“5·12”四川大地震后，到县建设银行给灾区人民捐款。在长长的捐款队伍中，一张熟悉的面孔在我面前晃动，是闵闵，那幼稚的面颊变得成熟而英俊，那瘦弱的手臂变得强壮而有力，那下垂的目光变得充满了朝气。完全没有了十几年前那个“哑巴”闵闵的影子。是什么改变了闵闵？是知识？是社会？还是时间老人用的魔法？

看着闵闵手中足足有两万元的那一沓人民币，我真是心潮澎湃、激动万千。两万元，这在农村是个不小的数目，何况闵闵正是盖房娶妻的年龄，闵闵怎么如此大度？闵闵不是恨死四川了吗？重重云雾笼罩心头。

当我猛然回头时，玻璃窗外一个瘦弱而熟悉的身影映入眼帘——闵闵妈！

啊！我突然间明白了闵闵的那颗心。

马路上的一对儿

夏天，马路上飘来一对情侣，女人依偎在男人的臂弯里。

尽管在炎热的夏天，女人却衣冠整洁。粉红色的短袖上衣，裹紧上身，勾勒出凸凹的曲线美。黑色长裤，夸张地飘浮着，与那两条修长的腿一起，一前一后甩出了女人的飘逸。一双纯白色的高跟鞋，颠出了女人的高山与峡谷，摆出女人百般风韵。

男人好像夸张了夏天，衣冠简陋而随便。白色的吊带背心，裸出肌腱发达的健康美。穿着和女人同一色调的大裤衩子，挥洒出一身的清凉。脚上一双浅灰色的拖鞋，踏出男人一身的轻松与洒脱。

男人早在上高中时，就听同学说起过女人。知道女人是校花，是男生争执的焦点人物，有好几次，男人都是陪争执的男同学一起去和女人约会，久而久之男人就嗅到了花的芬芳。

这一闻，坏了，男人醉了。

雪花似的情书纷纷砸向女人，砸开了情窦初开的心房。熔炉似的词句炙烤着女人的双眼，烫出了羞涩而又腼腆的双颊。

男人像森林中的雄狮，打败对手，猎获了女人。几个让他陪同约会的男同学肠子都悔青了，嘴边儿的美味儿失手。

高考失利，女人到一家服装厂当了一名机工。一路向阳花一样的笑脸儿云烟氤氲，跌伤了飞入理想宫殿的翅膀。

高考得利，男人考上了邻省的一所农校。摆脱土里刨食儿的祖宗，争做人上人，一脸天高云淡。

男人仰着天高云淡的脸，啪啪拍着胸脯：“等我，三年后，我娶你。”女人低下同样云烟氤氲的脸……

三年后，男人很男人，风风光光把女人娶回了家。

三年内，女人氤氲脚踏两只船。最后还是眉宇紧皱地被男人娶回了家。

被男人娶回家的女人，就不再到服装厂上班了。女人找一正式工男人，在姐妹们面前立刻身价倍增，不能到那底层，要不可惜了自己这一好身材。那地方是农村女孩唯一摆脱土坷垃农田的欢乐谷。虽然挣不来穿金戴银，却免去了脸朝黄土背朝天的风吹日晒。

娶回女人后的男人，为了女人那娇嫩的脸蛋儿、摇曳的身段儿、显摆的巢穴，男人停职留薪下了海。

不几年男人就挣了个瓢满盆溢。溢得女人脸蛋儿如蛋清、身段儿似貂蝉，溢得女人巢穴似宫殿。此时的女人如一朵摇曳的牡丹，迎着春风、和着雨露，透射出她的雍容与华贵，醉了男人的心。

每次男人休假，定会和女人压马路。男人一边走着一边唱着流行歌曲，尽管十句准有九句半是错的，但男人还是很投入地唱。

看到家中的女人，男人就想起了电视上的章子怡；看到电视上的章子怡，男人就想起了家中的女人。

男人梦中都在偷着乐。醒来就想着法子娇惯女人。

有一天，过腻了这种生活的女人，吊着男人的脖子说：“我不想被你养着了，我也要出去工作。”说一朋友给她找一跑保险的，很自由，也不累。

男人舍不得就不同意，任凭女人说破嘴皮，男人的头摇得像拨浪鼓。

女人就找来一放大镜，搬着脸让男人看，说是自己脸上已经出现暗斑，内分泌失调，都是在家憋的，必须出去放松放松，不然很快就成黄脸婆了。

见男人不吱声，女人知道说到了男人的痛楚。女人就嗲声嗲气地说：“就算你愿意看，人家还不愿意当呢。”男人哑巴了。

“知道咱家不缺钱，知道你能养活起我，可我一天到晚闷在家里没意思，不为挣钱，就为调整心态，一定比美容效果好，那是从心里往外美，比只做表面强一万倍，真的，不信咱就试试。”

当女人再次吊着男人的脖子摆来摆去时，男人就答应了。答应女人要求的男人脸上扣满了女人的印章。

女人工作半年后的一个深夜，男人出差路过家门。男人没有和女人打电话，想给她一个惊喜，就拿出钥匙径直进了卧室。

第二天，女人双眼乌青，满脸红肿，说是昨晚接男人回家时路上摔一跟头。跑保险的朋友们都跑来看望女人。男人很心疼、很精心地照顾着女人，感动了好几个姐妹。

更令人感动的是，男人当众发誓：回来工作，照顾好女人，绝不能再让女人失足、摔跤。

几个跑保险的姐妹看到眼前的一幕，被感动得稀里哗啦，嘴快得高声骂起了自己的男人。

泪流满面的女人当众扑到了男人怀中，像一只受伤的小鹿。

女人自然也辞去了工作。于是，马路上就天天出现这一对儿。

买

妈妈下班一进门，看到九岁的儿子毛毛歪在沙发上睡着了。看看桌上那碗早没一丝热气的方便面，妈妈鼻子一酸，晶莹的泪珠滚了出来。

“儿子，咱上床睡去。”妈妈心疼地抱起儿子。

“妈妈……”毛毛刚被妈妈抱起就醒了。

毛毛揉一双惺忪的眼睛问：“妈妈你一天能挣多少钱呀？”

妈妈说：“你问这些干吗？小孩子家的，不要和钱掺和在一起。”

“不嘛，妈妈你说，你一天到底能挣多少钱？”毛毛执意要问。

妈妈不知毛毛葫芦里卖的啥药，就问：“你们老师让交啥钱了？”

“没有。”毛毛坚决地说。

“那你一定是想买啥东西了？”妈妈关心地问。

“不买东西，就是想知道你一天到底挣多少钱。”毛毛还是坚持问。

“毛毛你还小，好好学习就行了，不要问钱的事。”妈妈见毛毛精神了说道，“你还没吃饭吧，妈妈给你煮面条吃。”妈妈说完，松开毛毛，挽起袖子要去厨房。

“不告诉我，就不吃饭。”毛毛小嘴噘得高高的，一脸挑战相。

“好吧，妈妈告诉你。”妈妈回身把毛毛拦在怀里说：“妈妈在超市不站货架了，妈妈升成了主管，一天能挣四十元钱呢。”妈妈说这话时一脸的幸福。

一个月以后的一天晚上。

“妈妈……”，妈妈下班一进门，毛毛抓一把碎毛票扑进妈妈的怀里，把妈妈顶了个趔趄。

“哪来的钱?”妈妈一脸的乌云高叫着。

“妈妈你数数，正好四十元。”毛毛则是一脸兴奋。

“哪来的钱?”妈妈睁大警觉的眼睛。

“学校的午饭钱，我每天省点，就攒下了。”毛毛怯生生地说。

“你省这些钱干什么呢?”妈妈一头的雾水。

“妈妈，明天是周末，也是妈妈的生日。我想用四十元买你一天的时间和爸爸一起陪你过生日。”毛毛说着，从怀里掏出了爸爸的照片。

妈妈一把抱住儿子，泪如泉涌……

丈夫是在儿子出生前一个月出车祸离开了人世。明天是他们一家团圆的好日子。

诚信是金

很久前，在槐阳福镇开着两家染坊铺，两家染坊的老板都是山西人。别看他们俩是同乡、同村、同样都姓钱，又同饮一条河汉子的水长大，可他们的心眼儿却大不一样。大钱忠厚本分为人实在；小钱机灵诡秘处世空虚。

这一年都过腊月二十三小年了，大钱的生意还非常兴隆，找他染布的络绎不绝，需要他染的布，堆满了大半个屋子，大钱心想，看样子回家过年是不大可能了。

相反而小钱的店门前一片萧条，无精打采的小钱，只好打点行李准备回家过年。

大钱得知小钱打算回家，就拿来一百两银子和一封信交给小钱，说自己接的活太多了，估计得到大年三十才能做完，回不了家过年了，拜托兄弟给家里妻儿老小捎回家一百两银子好让他们过年。小钱一拍胸脯："哥哥放心，这点小事，兄弟替你办了。"小钱嘴上这么说，心里却记恨大钱的买卖比他好。小钱很是不服，自己比大钱机灵百倍，可为什么生意上却比不过大钱。

在回家的路上，小钱捂捂怀里揣着的那封信，心想：大钱不识字，怎么能给他老婆写信呢？小钱拧眉想了半天，就想看看信，想知道大钱给他妻子都说了些啥，于是就从怀里拿出来打开了那封信。这是啥玩意儿？小钱看得一头雾水，原来大钱让他捎的不是什么家书，是一张乱七八糟看也看不懂的画。只见画得上面画了七只鸭子、一只蝇子，还有一个倒了的水梢，下面画得是四条狗和八只王八，满满当当画了一大张，没有一个字，更没有半句话是提起银子的事儿的。

小钱看了半天也琢磨不透，这又是鸭子，又是狗和王八的，啥意思呢？莫不是大钱做生意在外不放心家，要他老婆在家养好六畜，养只狗看好家园，别让歹人趁机给他戴个绿帽子，让他做王八啊！小钱想到这里“嘿嘿”一笑：大钱啊大钱，虽然你比我的生意好几倍，钱比我挣得多，可你却不如俺过得安心；你比俺富，可你心里没日没夜地惦记着老婆红杏出墙，怕绿帽子把你的头发染绿，你哪如俺呀！穷面穷，俺脱掉裤子睡到明，俺钱没你挣得多，可俺心比堂你宽绰亮堂。小钱想想这些，忽然觉得心理平衡了许多。

来到大钱家门口时，小钱心想，这封信画得乱七八糟的，大钱媳妇怎么能知道大钱给他捎回来多少银子呢，于是，他给了大钱媳妇一封信和九十两银子调头就走。小钱前脚刚迈出大钱家大门口，就被大钱媳妇叫住了，说：“银子的数量不对。”小钱故意装糊涂说：“你凭啥说银子数量不对？大钱明明就给了我这些啊！”大钱媳妇展开那封信，摆到小钱面前说：“你看看，这七个鸭子是俺当家的在叫俺，妻呀！这边上的蝇子，就是说银子，你是知道的，咱们山西人方言都管银子叫蝇子。看到那个倒着的水梢了吗？那是俺当家的问俺，银子捎到了吗？”小钱听大钱媳妇讲得头头是道，脸色有些难看，但是他还心存侥幸，狡辩说：“我不是给你银子了吗？”大钱媳妇说：“银子是收到了，可数量不够啊？你看见下边的四条狗和八个王八了吗？大钱媳妇说，咱们山西方言不是把九叫成狗吗？这四条狗就是四个九，四九不是三十六吗？八个王八就是八个八，八八不是六十四吗？这三十六加六十四不正好是一百两吗？你怎么能说是九十两呢？明明是你昧了俺家十两银子嘛！”大钱媳妇分析得头脑分明，说得斩钉截铁，把个小钱臊得脸蛋像猴腚，乖乖地把十两银子交给了大钱媳妇。

回家的路上，小钱的心像灌了铅一样沉重，恍惚间小钱恍然大悟，明白了自己的生意为什么不景气了，原来诚信是金。

砸　锅

在那糠菜半年粮的年代，丁老歪饿得是前心贴后心，他本想出去到村外的收完白菜的菜地里捡一些干菜叶，回家和点儿米糠来填充一下肚子，可他懒得动弹。

别说这时丁老歪不愿动弹，他打小儿就是一懒蛋。别人家的孩子，过完周岁就张罗着满地爬叉，可丁老歪都过了三周了，吃得白白胖胖的就是不张罗着下地儿。爹娘可犯了愁，生了四个闺女才淘来这么个带把的，别是个瘫子。于是爹娘左一只胳膊右一只胳膊的架着往前走，可丁老歪爬叉不了几下就一屁股墩在地上，裂开小嘴儿八哥儿似的叫着："娘亲，娘抱。"爹娘拿他没办法，就由他去吧。第二年丁老歪就能跑到鸡窝掏鸡蛋拿去让他娘给他炒着吃了。

丁老歪靠父母和四个姐姐挣下的一团四合院和三十亩良田讨了个老婆。

丁老歪的老婆肚子倒是挺争气的，五年给丁老歪生了四个儿子。

等四个儿子都长成"半大小子，吃死老子"时，好吃懒做的丁老歪一团四合院和三十亩良田就剩下两间草房了。

偏巧正赶上这个年代，四个儿子饿得黄虾似的，天天扶着墙根儿一步三晃地走路。

突然有一天大清晨，丁老歪的老婆大声哭叫着："他爹，你可不能走啊，你走了，俺孤儿寡母的怎么活呀!"

丁老歪老婆的哭声惊动了四邻，街坊四邻的都赶着过来安慰。

丁老歪的老婆见状，哭声大作："狠心的丁老歪，你不能死呀，咱们家可是一粒米都没有，拿什么葬你呀?”

好心的四邻听到哭声，再看看黄虾似的四个孩子，边擦眼泪边陆陆续续地把自家仅有的一些萝卜、白菜、米糠、麦麸及小米、白面拿了过来。

丁老歪老婆边擦眼泪边收着众乡亲送来的东西。

日头一竿子高的时候，乡亲们送来的东西，盛满了他们家的盆儿里碗儿里，再有人送来丁老歪的老婆就停止哭泣说：“谢谢众乡亲，我们家已经碗儿满盆儿溢了，你们就不要送了。”

众乡亲正要转身出门，就听见从里屋传出一闷闷的声音：“我们家还有一口锅哩。”

众乡亲冲进里屋，发现一块白布下躺着诈死的丁老歪。

愤怒的乡亲不仅要回了送来的东西，还砸了丁老歪家的那口锅。

几十年后，丁老歪的孙子，县某局的一把手，由于贪污公款数额巨大被双规，砸了自己的饭碗。

乡亲们纳闷儿：贪得无厌也遗传……

那晚我喝醉了

一

我和老头子俩人都是无缘迈进大学大门的落榜生，二十五年前，高中毕业双双回村务农。

尽管我们俩是高中同学，可在那男女生不说话、三八线分得很清的年代，我们还是听取了媒妁之言，和其他农村青年一样，先结婚后恋爱。

婚后，我们两口子特爱开玩笑，儿子百日后我们就已经老头子、老婆子的互相称呼了，尽管那时我们刚刚二十几岁。

老头子是个腼腆、善良的小伙子，一米八的个头，长得白白净净，最大的优点是好脾气。就冲这一点儿，我从来没嫌他们家穷。

婆家的家境很贫寒，我结婚的房子是婆婆东倒西借，努断了老筋勉强支撑，可院墙和影壁墙就只能凑合，干茬缝落起来。新婚之夜，我们刚刚睡下不久，影壁墙知道完成了它的历史使命，轰的一下，和大地来了个亲密接触。身处异地的我被吓得一下子钻到了老头子的被窝里，哆哆嗦嗦，早忘了女人的羞涩。

后来好长时间，老头子净拿我开心，说："邻居山子草包蛋，新婚头三天给他媳妇讲我们村如何好，有水塔，不用到机井上打水吃。三天也没把他媳妇讲被窝里，瞧咱，一点儿准备没有，就有美女投怀送抱了。"

说得我面如桃花，雨点般的拳头打在老头子背上。打着打着我就开始恶心，吐黄水。老头子很心疼，却不知如何诊治。当我告诉他快要当爸爸时，老头子一蹦三尺，擂着胸脯问我想吃啥？

经过肉食店时，看到熏猪蹄我就馋，回家告诉了老头子。出去俩时辰后，老头子终因没借够钱，只买了几个猪尾巴回来了，谎称猪蹄子卖完了，就这几个猪尾巴还是托人买的呢。

尽管知道老头子说的是瞎话，我也没急。能买几个猪尾巴已经很奢侈了，当时，家家户户一年到头吃不了几次肉。那年月，人的肚子缺油水。我三下五去二就把几个猪尾巴吃了个精光，算是解了大馋。

婚后三年里我们收获了一双儿女。

凭着我们肚里都稍微有点墨水，我对老头子说："在这三五年养孩子中间，你也离不开家，我们插空养些鸡和猪吧？"

老头子很听话地点点头说："嗯。"

于是，我就跑回娘家，姑姑、姨姨、老娘借了个遍，总算借到了五百元钱。用院墙和影壁墙拆下来的砖，盖了两间鸡舍；五百元进了鸡笼、鸡槽和鸡仔。前后一个月，一切就绪。

老头子是个内蔫儿、心细、爱钻研的人，外加心灵手巧，啥活儿让他一看就会。虽然我们没有专门儿学养鸡，我给老头子买回家的几本儿养鸡的书，可是起了大作用了。

预防、配料、点鼻儿、烫嘴儿，我们弄得井井有条。第一年我们就收了成本，又转了个扩大再生产。

儿子会跑街上打酱油时，养鸡和猪的收入使得我们的日子如日中天，翻盖了五间大北屋后，东西南三面的厢房和大门洞，在人们的一片赞叹声中也相继完工。

二

这时候我们成了同龄人致富的榜样。四邻八家的也都开始养鸡和猪了。

渐渐地老头子成了村里养殖技术指导，人们心目中的偶像。整天走东家、跑西家进行养殖业的技术指导，所有的家务、养殖全推我一人。每到一户指导，人家像对外宾一样，尽是好烟好酒招待，丈夫几乎是不醉不归。起初歪歪扭扭、迷迷瞪瞪还能找回家，就是骑出去的自行车不是扔道沟里就是丢大街上。我苦口婆心地劝说，可以喝点酒，但是不要喝高了，那样对身体不好。我好话说了三箩筐，嘴皮子磨出了茧子，非但没起作用，再喝醉干脆连人带车一起扔到沟里或丢大街上。他常常挂嘴边的一句话就是："男主外、女主内，我得出去闯天下，夫贵妻荣！"说得我无话可对，我特传统，也愿意自己的男人人前人后昂着胸脯走路。可那身子骨可是咱的呀？咱得珍惜着点儿。

有一天晚上，我收拾好鸡圈、猪圈夜已很深，还没有老头子跌跌撞撞进门的声音，我心想，坏了，一定又喝高了。出门前我一小时演讲变成蒸汽飞天上，与云彩聚会了。腾地一下，胸中蹿出一股无名火，都一百大的人了，愣是管不住自己。人家让你酒是对你的尊敬，你就当真，说你脚小，你还扶墙根儿走呀？真能把人气死。爱咋地咋地吧，我"咣当"一声碰住大门，没有洗漱就捅进了被窝。我发誓，这次就是死外边我也不管他，又不是三岁孩子，说一千遍道一万遍，愣是灌不进耳朵里，我真想一天到晚把他拴裤腰带上，恨得我牙根儿痒痒。

劳累一天我早已筋疲力尽，往日早就美美地睡上一觉，解解困乏。今晚却给床抱起了跟头，翻过去，再倒过来，木床发出吱吱抗议。不管他，今晚就不管他，让他受受罪，自己醒悟一会。我命令自己快点儿睡觉，明天四千只鸡、一百头猪还等自己伺候呢。

唉！往往事与愿违，越急于睡着，脑子越是清楚。一只羊、两只羊……我数的羊和我们的鸡一样多的时候，还是没有半点儿睡意，我想就是再把我们家的猪加上，从头再数一遍，我照样没有睡意，我的魂儿早已冲出了大门。该死的老头子，你知道不？你不回家，老婆子就像丢了魂儿，在黑夜中瞪一双铜铃似的傻眼胡乱猜想。

死老头子这会儿是躺在大街上，还是掉进路边沟里了？我脑子里不时闪现着不同的画面。虽然现在是初冬，不算太寒冷，可这深夜里，大街上、路沟里，哪儿都不会暖和的，要是在那冰冷的地上待一晚，那后果……

我一骨碌爬起来，想都没想，穿上衣服，抓起手电，冲出了大门。

一股西北风色鬼似的钻进我的脖子、刺进我的骨头里，我毫无提防地倒吸一口冷气，激灵灵打了个寒战。冲昏的头脑温度一下子降了下来，脑海里立刻出现了老头子蜷缩在地上的镜头，我已经开始为刚才的誓言而懊悔了。

我三步并作两步，顺着手电的光柱，大街小巷，沟沟坎坎寻找着老头子。“汪”的一声，一只黑狗大叫着蹿了出来，是光棍儿三家的狗。我头发根子吓得竖了起来，本能地从地上抓一砖头投了过去，边高叫着：“打你个狗杂种。”边喊狗主人三儿的名字，想让他出来给我解围。我平时最怕狗，白天串门儿，遇到谁家有狗，我总是躲在老头子身后，拽着老头子的衣角不敢迈步。这会儿老头子找不见，三儿又叫不应，真成了呼天天不应，叫地地不灵，只有靠自己。光棍儿三儿一定又去赌钱了，这会儿没在家，不然他那破家又没院墙，不会听不见的。

我用手电光照着狗的眼睛不敢动，狗也被那强光吓住了，不知道我为何物，狗哪知道我早已黔驴技穷，吓得两腿筛糠。我轻轻地倒退着走着，一米、两米……等我倒退着走了大概五米时，光棍三儿家的狗终于退了回去，我一屁股墩在了地上，浑身散了架。

等我再次爬起来时，我们家的自行车就出现在手电筒的光柱中。我的第一反应：老头子……

三

我终于在路沟的玉米秸里找到了老头子。看看在一片狼藉中手脚冰冷的老头了，我满腹的怒气早化为乌有，扑上前去，用力摇晃、叫喊着老头子。顺着我的叫声，老头子应声回答“嗯”。像当初我们刚刚发家致富，商量决策时那么听话。当我说起来咱们回家时，老头子却没了回音儿。我用尽了吃奶的劲儿却也拽不起来他，只好在四周找了些干净的干草垫在身下。

咋办？此时的村庄沉浸在寂寞的冬夜里死一般的静，找人帮忙是不可能的。老头子在这耗一晚绝对不行，要不回家给他拿点儿盖的东西？忽然又想起了大黑狗，想起了刚才吓人的那一幕，心脏无明地“通通”猛跳，两条腿不自觉地抖了起来。

一边是饱经寒冷折磨的老头子，一边是自己最怕的恶狗，此时，我前后不是，左右为难。

我在心里默默地念叨着，不怕，不怕，为了老头子，今晚豁出去了。我试着站起来，哗啦一把头皮，自己给自己壮着胆儿：大活人还能怕那畜生？对了，我突然间生出一计，骑自行车绕道回家拿东西。尽管远了点儿，可骑车速度快，和走着回家的时间差不到哪去，主意已定，马上行动。

当我带上一床被褥准备回来时，我又生一计。我不想再绕道走了，就在自行车框里放上了十个沙皮蛋。光棍三儿家的狗再次叫起时，我的第一个鸡蛋就投到了它的嘴边。光棍三儿是一人吃饱全家不饿。常常在村里东一家西一家地蹭饭吃，谁家要是有过红白喜事，他更是好几天不着家，吃饱了就赌钱。他家的狗从来没吃饱过，鸡蛋就成了美味儿。啪啪啪，第五个鸡蛋投出去后，我逃也似的向前冲去，终于又躲过了一难。

我在老头子旁边，重新铺了一些干净的干草，把褥子铺好，想把老头子挪到上面。一米八的个头、八十千克的体重，老头子醉得死一般沉，任我使出吃奶的劲儿也抱不起来。我试了几试，根本挪不动，一股股酒臭熏得我一阵阵恶心。

没办法，我只好把老头子像滚圆木一样，一点儿一点儿向褥子挪去。九牛二虎之力后，老头子滚到了我指定的位置，盖上被子，总算告一段落。尽管在这初冬的下夜里，刚才的一阵忙乱后，我的额头渗出了汗珠。一屁股墩在老头子身边的干草上，喘着粗气。

半个小时过去了，我伸手摸摸老头子的手脚，冰凉冰凉的，老头子的体温还没升上来。我忽然想起，我冬天经常手脚冰凉，老头子曾经给我买的热水袋，我要回家再拿一趟。剩下的五个鸡蛋投向光棍三儿家的黑狗时，我拿热水袋来回走动，黑狗再没叫过，还像见了亲人似的，不时地在我的手电光柱中，用力摇着它那高高卷起的尾巴。

初冬的夜空，星星发出寒光。一道银河的两边是牛郎织女，他们隔河相望，恪守了千年。

牛郎、织女我看到了你们，你们看到了我们吗？我感动着你们的感动，你们是不是也被我感动了。为了不再寂寞、不再思考寒冷，我努力寻找几千年的话题。

但是，老天并不可怜我，下夜里，刀子似的西北风儿，唱着欢快歌儿翩翩起舞。

我开始动摇，开始回味温暖的被窝。可是，看看熟睡的老头子，想想光棍儿三儿家的大黑狗。我有些不放心，万一明天老头子少耳朵缺鼻子的，那该咋办？不能回去，我下定决心，给牛郎织女一起，陪死老头子一晚。

我忽然想起大烟筒——老头子，顺手从老头子的衣兜里抓出打火机，点燃了身边的干草……

天刚蒙蒙亮，我迷迷糊糊被一只大手揽住。被一泡尿憋醒的老头子，看看自己身上的被褥、怀中的热水袋，再看看歪在一旁干草上的我，感动得热泪盈眶，一遍又一遍地重复着“对不起、对不起……”看看他完全清醒，一股无名火再次燃烧。

我扔下话：“如果你再喝醉，家里的猪、鸡、你和孩子，凡是张嘴的我一律叫你们绝食，不信你就试试!”

说完抓起自行车奔回家，甩掉了身后的一切烦恼。路过光棍三儿家门口儿，黑狗再次冲我摇起了尾巴。

四

老头子倒是不醉酒了。酒后却染上了赌博，更是夜夜不归，一赌就是一个通宵，回家后白天倒头大睡，全部家务不闻不问。从此，安宁的日子被打破。

秋后的一个夜晚，熟睡中的我突然被一阵雷电声惊醒。天要下雨了，房顶上还有刚刚脱好的玉米没盖，我迷迷糊糊推一把身边的老头子，四周却空空如也。赌鬼还没回来，死外边了，我狠狠地骂一句，穿上衣服，抱起塑料布爬向房顶。

一阵狂风卷着树叶向我袭来，我倒退两步蹲在房顶上，手中的塑料布飘向空中，一骨碌爬起，紧追塑料布脚下一滑，双膝跪地抱住了房檐上突出的木梯头。心跳到了嗓子眼儿，好险呀！要不是木梯头绊住，我准会来个空中飞人，那后果不堪设想。

我死死地抱紧再次被风刮起的塑料布，努力想站起来准备再次盖玉米。突然眼前一个人影，一把冲过来抱住了我和塑料布。

“来，嫂子，我帮你一起盖。”

原来是邻居，一河南养蜂的小伙子，他租赁的房子和我家是邻居，刚才他上房盖他的蜂箱，看到了我那幕丑剧。

小伙子很是细心，在塑料布的周围压上好多砖头后，又转了两圈儿，确保没事后才对我说：“来，嫂子，我扶你下去。”我刚想说不用了，豆大的雨点儿劈头盖脸向我们砸来。他迅速地先下一层后向我伸出了手，没等我犹豫，他一把抓住了我的手，我顺从地被他牵了下去。

我们相互搀扶着冲进屋时就变成了落汤鸡，当我抓起毛巾准备给他擦拭时，他却一把夺过去，反倒给我擦了起来。他说：“女人身子金贵，哪像我们这些大老爷们铜膀铁臂。”从来是保护男人的我，第一次被男人保护，受宠得手无举措，一串金豆子砸向了脚面，也吓坏了小伙子。“嫂子，你……”“没事的，是雨水。”我故作镇静。是雨水？小伙子一头雾水。

我刚刚给小伙子找出几件丈夫的衣服让他换上，由于风大，突然停电了。

小伙子几次要回去，无奈暴风雨来势猛烈，断了他的去路，不得不折回。

我摸索了半天也没找出半截蜡烛，小伙子知趣地说："不用蜡烛，我们有天灯。"那时天上不断出现闪电，把屋子照得通亮。

小伙子在我的执着恳求下，不得不换上我拿出的衣服。借着闪电的光辉，我第一次看到除丈夫以外其他男人那强健的机体。突然心跳加速，周身燥热，那久违的新婚的羞涩飞上双颊。

"嫂子你也换一件吧。"看我傻愣愣地站在那里，小伙子催促道。这时我才想起，我的衣服同样也被雨淋湿了。

当我羞涩地系上最后一个扣子，目光投向小伙子时，发现他把目光死死地扎在门旮旯，仿佛被钉子钉在了那里。我"扑哧"一声笑了。这时我才想起，小伙子虽然来这儿一年多了，我们还从来没唠过嗑，只是见面打个招呼。小伙子的情况我全然不知。

五

小伙子有一段儿感人的故事。

小伙子名叫长福，和我同岁。

长福还在念初中时，长福的爹得了股骨头坏死，架上了双拐不能下地干活。长福是家中的长子，下边的弟弟妹妹都未成年。家里重活几乎都落在长福和长福娘身上。

长福为了给爹治病，刚刚十四岁，就跟随大人到村北修河堤，为的是拿整劳力的工分——12 分。

为了这诱人的 12 分，长福使出了吃奶的力气。那时候兴包工，一人划一片，干完就给满分。常常是别人干完休息了好一会儿，长福才上气不接下气地刚刚干完。没等休息，下一段儿工作又开始了。

年幼的长福由于用力过度，再加上工地上每顿有限的那点儿蔬菜，长福落下了痔疮。每次大便都是鲜血淋漓，疼痛难忍。生性倔强的长福从没说过，这些罪长福一个人默默地忍受着，就是和自己的娘也不吐半个字，怕娘为他担心。

长福家是劳力少，吃闲饭的多，进入腊月，全年的工分一公布，长福家刚刚不用给生产队倒贴钱儿。可是爹看病用钱，弟弟妹妹上也学用钱，长福家的日子是捉襟见肘。

特有心计的长福就买来斧子、刨子、锤子，自己学着做一些简单的木匠活。利用阴雨天不能下地干活时，他就给人家打个板凳，做个小马扎啥的，挣上块儿八毛的补贴家用。慢慢地长福摸索着就能打个铺柜，做个方桌啥的，不但能挣顿饭，还能见个三元五元的，家里的境况渐渐有了改观。

等长福能为村里结婚的新人们打衣柜时，长福也就到了该说媳妇的时候，长福帮别人进城买打衣柜的木料时，就暗暗地给自己也存了些，他设想着自己新房的一切。想到自己的新房，想到自己的未来，血气方刚的小伙子就有了使不完的劲儿。晚上睡不着就起来给自己打起了衣柜。

打的衣柜还未成形，长福的娘突然中风，一头栽倒在农田里不省人事。好心的乡亲和长福一起把长福娘送到乡卫生院抢救，命是保住了，落下半身偏瘫，生活不能自理。

一边是架着双拐唉声叹气的爹，一边是躺在炕上二十四小时不能离人的娘，还有正在上学的两个弟弟一个妹妹，长福就知道，登过两次家门的媒婆再也不会来了。长福明白自己此时已经成了一头驾辕的老牛，自己止步不前，家就像自己身后的这辆破车一样寸步难行。

为了这个家，为了弟弟妹妹的前程，长福在心理默默地放弃了自己花环似的梦。长福日日夜夜为他人做着结婚的家具；长福不辞劳苦为父母、弟弟妹妹劳苦着、奔波着，用他那无法用语言表达的痛苦支撑、挽救着这个濒临崩溃的家。

等父母双亲谢世，弟弟妹妹成家，长福小时候的玩伴儿的孩子都快小学毕业了。

完成使命的长福，长长松了口气，自己打了好多的蜂箱，养起了蜜蜂，一是卖蜂蜜的钱为自己养老；二是放蜂养蜂可以随着季节到处云游。长福也想看看祖国的大好河山……

长福像讲过家家一样轻松地讲述着他的过去，我的双眼却像屋外的空气一样潮湿。老天呀，好人为何如此苦命？我自语并发泄着。

长福淡淡一笑，把头扭向了窗外。

雨不知啥时候已经停了，东方已经泛起了鱼肚白。

长福起身告辞，又从房上转回他家。

还没等我掩上屋门儿，老头子疲惫不堪地扭开了大门。

我顿时怒火中烧，冲老头子就骂上了："你死哪儿了？还知道回来呀？房上有刚刚脱完的玉米，天下雨了，你不知道呀？"

老头子撩起疲惫的眼皮，不温不火地说："听见下雨时，他们说已经下半个多小时了，我想，要盖你已经盖住了，要冲也已经冲完了，我回家也没有用了，就没回来。"

啊呸！瞧瞧你说的屁话，半点儿责任心没有，你是狗屁男人。我指着老头子的鼻子尖儿，一副典型的泼妇。

任凭我高声大骂，老头子却哈欠连连，揉一双惺忪的眼睛直奔床头。哎呀，这是啥呀？老头子抓起脚下的东西叫着。是长福脱下的湿衣服落在那里了。

我理直气壮地高叫着："是邻居长福帮我盖玉米弄湿了衣服，我让他换上你的衣服了。要不是人家长福，不光是咱们家的玉米被冲，说不定我也会被风刮跑了。"

老头子的目光突然亮了一下，用兔子一样的红眼盯了我足足十秒钟，然后回身重重地把衣服摔在地上，倒在床上蒙头睡去了。

早饭我一直热到晚上，老头子也没起来吃一口。

六

从我破口大骂以后老头子变本加厉，几乎是天天不着家，回家就是酩酊大醉，在老头子心目中，家也许就是个旅馆，疯足了，玩儿够了，就回到避风所。看看他那一副玩世不恭的熊样，我就气不打一处来，无数次的战争，搞得乌烟瘴气、炮火连天，结婚时的茶壶、茶碗儿统统做了我们手下的子弹。

从那晚我和长福邂逅、长谈以后，他几乎天天到我家来，不是帮我给猪填料，就是帮我给鸡儿饮水。边干活，长福边用河南话和我唠嗑，他语速不紧不慢，一件事接着一件讲，我听得津津有味。这是我和老头子从来没有过的，老头子生来不好讲话，我们在一起从来就是我说他听。

记得刚结婚我住娘家，有一天老头子去娘家接我，当时我们合骑一辆自行车，老头子在前边骑，我坐后座上，娘家到婆家距离很远有十五里地，起初我还为他专程去娘家接我而感动着，一路上滔滔不绝地讲述着身边发生的新鲜事，我是连说带比画，急不可待地想把这些事情讲给他听。慢慢地我发现，一路上只有我说他听，从不见他主动开口，我就故意不再说话，我倒要看看他能憋多大一会儿。等过了十里铺，老头子才慢条斯理地说了一句，看看这儿的庄稼长得多好呀！哎哟！我的娘哎，你终于开口讲话了，憋我好几里地了。

我爱看河南电视台的《梨园春》，巧的是长福也爱看，毕竟是他的家乡戏。每个周日晚上，长福就会早早吃饭，然后到我家陪我一起看，他家有电视，他说一人看没意思，就过来陪我一起看。唱到声情并茂处，我们同声激情高昂、手舞足蹈地跟随着一起莺莺燕燕，既投入又兴奋，以至于节目早已播完长福还没有离开的意思。

每天晚上我得给鸡加水、填料到很晚。那晚长福看完《梨园春》不愿意走，非要和我一起给鸡填料加水，我婉言拒绝，他却说回家没意思，横了竖了就一人，也睡不着，还不如在这里边干活边跟我唠嗑有意思呢。都说孤身的男人嫌夜长，要不就让他在这吧，说心里话，此时我也正想找一个倾诉者呢。

不好，我们刚刚在这个鸡舍填料，忽然听见那个鸡舍唱起了“歌”——“咯——咯——”凭我多年的经验，鸡闹喉炎了，得赶快治疗，这病传染最快，一夜之间恐怕就会倒圈，弄你个倾家荡产。我忽然又想起了老头子，就不由自主地高声大骂起来：“这个死鬼，又不知死哪去了，整天给人家讲技术搞宣传，自家的事儿就不管了?”长福见我火冒三丈，就安慰我说：“不要紧有我呢，我和你一起干吧。”“我们家四千只鸡呢，打针得到天亮。死老头子也不知今晚是在本村赌还是出了村?”长福劝我说：“别找大哥了，你不是说这病传染的快吗?我们赶紧吧！抢时间最重要。”我只好进屋拿来家里备用的药物，给长福说明打多少量，怎样打后，我们分别打了起来。有了这种病毒，家中所有的鸡有病的必须打，没病的预防也要打。

长福真的是心灵手巧，别看他是第一次干这活，手脚既麻利又仔细，我仿佛看到了他怎样干木匠活，我猜想经长福的手打出的大衣柜一定很精美。于是，不由得脱口而出：“长福谁要是嫁了你谁就有福。”我看到长福的手抖了一下，他手中的鸡尖叫了一声，长福把鸡的腋下的肉打穿了。

放下鸡，长福静静地看我十秒钟，这是我们接触后第一次目光相遇，我的脸莫名地红涨起来，心也在通通直跳，站在那里不知所措。

长福的脸红得发紫了，十秒钟后低下头，像对我又像自言自语：就你能看上我吧，没有其他人看上我了。说罢，又埋头给鸡打起了针。我急想解释刚才的那句话，可又怕越说越不明白，越抹越黑，就没再解释，转过身打起预防针了。

天刚刚放亮时，四千只鸡总算在我和长福紧锣密鼓的奋战中打完了针。我和长福走出鸡舍，长长地喘了一口气。打来洗脸水让长福洗把脸，正准备给长福做点早饭时，老头子又拖一身的疲惫回来了，进门看到长福这个时候在我们家，两只眼睛立刻来了精神。我忙上前解释："今晚咱们家的鸡闹喉炎，是长福帮我给鸡打的针，这不我们刚刚忙活完。"

不知是啥原因，今晚和老头子说话没有了以前的那股气焰，所有的话都是软绵绵的，好像刚刚做完手术的病人。要不是长福帮我，今晚我不会对老头子这么客气的。老头子看看我，再看看长福，拉了一张长脸没说一句话就进了屋，"哐当"一声把屋门关上。留下我和长福尴尬地站在院里不知所措。长福把手中的毛巾递给我，转身朝他家走去，我举了两次手，终于没有说出：长福在我家吃早饭吧，这句话。

我刚想进屋和老头子理论，谁知老头子却搬出了一箱酒，打开一瓶，一仰脖咚咚……一口气喝下去半瓶，我上前制止，"哐"的一声，老头子手里的半瓶酒在地上爆炸了，接着第二瓶、第三瓶……我拼了命上前制止，老头子一把把我轮了个跟头，我的手重重地按在地上的一块碎玻璃上，顿时鲜血直流。我大叫着："死老头子，你弄伤我了知道不?!"老头子那一双醉眼看都不看我一眼，毫无停滞地把那箱酒摔了个精光，转身进屋，把自己重重地摔在了床上。

这时我看到了长福正趴在我们两家的墙头上望着我，示意要过来给我包扎，我无力地摇摇头，告诉他不用了，边进屋打开了自家备用的医药箱……

整整一天，老头子没出门也没睡，蜷缩在床头，抱着他的皮壶大曲不紧不慢，整整喝了一天，醉得不省人事。我整整一天没和他闹，但也没给他做饭，当然也是我没有食欲。

到了晚上，我正在给鸡饮水，长福却醉醺醺地过来了，这是我第一次见他喝醉。说是骑一下我家的摩托，出去办点事。我给他推出摩托后，他让我坐后面，说到村外有话对我说。我一头雾水坐上了他的摩托，到了村外，长福停下车熄火说道："你的日子我看透了，你是好人，可你命苦，你跟我走吧，到河南我老家，我不会让你遭罪的。"说着一把抱住了我。

此时，满怀的委屈像泻闸的洪水一跃千里。想想这几年老头子的所作所为；想想自己为了老头子、为了家、为了孩子，自己是如何奋力支撑着这个家，这些委屈向谁诉？我再也支撑不住了，趴在长福的怀里放声大哭。我需要宣泄、我更需要安抚，我虽不柔弱，但我毕竟是女人，我有血、有肉、有情、有意，我更需要激情的胸怀、温暖的臂弯。可这些都被那酒场、赌场冲得一无所有。

也许我太累了，也许我太渴望了，我深深地扎在长福的怀抱了不想离开，我知道哪怕这是我临时的港湾，我也不在乎了，我需要休息，我需要一副宽厚的肩膀来支撑我，给我暂时喘息的机会。我把头深深地埋在长福的怀中不知多久，我真想时间就定格在这里。

忽然，光棍儿三儿家的大黑狗叫了一声，我一激灵挣脱了长福的怀抱。大黑狗可能还记得我给她的鸡蛋，这一声叫得亲昵而又绵软。我四下看看，呀！这不正是那晚老头子喝醉酒睡了一晚上的那个地方吗？我又想起了老头子，老头子一天没吃饭，净是喝酒，那胃怎能受得了。长福见我走神，就问我想啥呢？我把那晚老头子喝醉并在这里睡了一晚上，我是如何照顾老头子的，一五一十地讲给他听。

听完后，长福沉默了好一会儿。他的酒完全醒了，抓住我的手，深深地叹口气说，是走是留你自己决定吧。

“我……我放心不下孩子。”我断断续续有气无力地说。

“孩子我们可以带走，你还是割舍不下他吧？”长福的眼里冒出了一道寒光。

见我低下了头，长福再次上前抱了抱我，说：“你是好人，他真有福！”说吧，转身骑上摩托消失在茫茫夜色中……

第二天早上，老头子起得出奇的早。我告诉老头子我们家的摩托丢了，老头子仰头，长长叹了口气说：“摩托找不回来了，改天我到县城再买一辆吧。”望着老头子复杂的表情，我羞愧地低下了头。

说来也怪，自打丢了摩托车，老头子像变了一个人似的，把家中的酒统统销毁，刚刚花大价钱买的一副麻将牌也被他装在灶火里烧掉了。我们的日子又恢复到刚刚创业时一样的平静、祥和，一晃就是二十年……

七

这一天，收拾完房顶上的玉米、谷子、黄豆一些小杂粮，已是傍晚时分。老头子匆匆下房神神道道的溜出家门儿，我好生纳闷，以往无论出门干啥，老头子准得给我请假，哪怕是象征性，也得叫一声，“老婆子我出去一下，马上就回。”老头子这次无组织少纪律的，吭都不吭一声，就出了门，真是胆大包天，知道我病猫不发威？

老头子回来时臂弯里裹着一瓶酒和几个下酒的小菜。我心里“咯噔”一下，心蹦到嗓子眼。戒酒数年的老头子今天咋啦？收秋累了，酒瘾被勾上来还是借酒解乏？死老头子狗改不了吃屎，狐狸的尾巴到底露出来了，终于憋不住了吧？我从房上顺着木梯子往下爬，心也一点一点往下沉。

洗把脸进屋时，老头子已摆好了碗筷。更令我纳闷儿的是，还在饭桌上点了红蜡烛，顺手关掉电灯。在橘红色的柔光里，我眼冒绿光，顶着一头雾水，张着灯泡似的双眼望着老头子。这是拉啥西洋景？搞烛光宴？望着活蹦乱跳的烛光，目光里飘出一大大的问号。

老头子把满脸疑惑的我按在凳子上，斟满两杯酒，一杯递给我，一杯自己举手上。“知道今天是啥日子不?”边说边用举酒的胳膊钩住我端酒的那只胳膊说，“来喝下这杯酒才告诉你。”死老头子，一定是从电视上学来的，我也知道，这叫交杯酒。都老夫老妻了，过了大半辈子，心都交了，还用交杯？老了老了倒会耍花花肠子了。

二十五年前的今天，我们家房顶上银环和栓宝唱得正欢，从那天起你成了我的人。老头子说话不温不火，眼睛放射出灼人的光芒。呀！一句话惊醒梦中人，今儿是八月二十八，我们的结婚纪念日。二十五年前的今天，我们家此时正是灯火通明、人声鼎沸。说这话时老头子的眼里金光闪耀，那火焰似的金光晃得我无法睁眼。一仰脖儿我们共同饮下了杯中酒。酒的威力还是光的照耀，顿时觉得脸上热辣辣的。是呀，一晃二十五年，真是日月如梭。

在这橘黄的柔色里，我和老头子痴痴迷迷，你敬我让，酒至半酣时我说：“老头子我曾经做过对不起你的事。”老头子说：“咋啦?”我嗫嚅着说：“那，那年咱的摩——”老头子急忙捂住我的嘴，抢过话头说：“那些年都是我不好。”听了他的话，我的眼泪哗哗而下……

那晚我平生第一次喝醉了。